KB078197

마스터 K 14

김광수 현대 판타지 장편 소설

초판 1쇄 찍은 날 § 2013년 9월 27일
초판 1쇄 펴낸 날 § 2013년 10월 2일

지은이 § 김광수
펴낸이 § 서경석

편집부장 § 권태완
편집책임 § 어정원

펴낸곳 § 도서출판 청어람
등록번호 § 제1081-1-89호
등록일자 § 1999. 5. 31
어람번호 § 제1-1680호

주소 § 경기도 부천시 원미구 심곡2동 163-2 서경B/D 3F (우) 420－822
전화 § 032-656-4452 팩스 § 032-656-4453
http://www.chungeoram.com
E-mail § chungeorambook@daum.net

ISBN 978-89-251-3489-5 04810
ISBN 978-89-251-3073-6 (세트)

마스터 K

14

김광수 현대 판타지 장편 소설

FUSION FANTASTIC STORY

CONTENTS

이런저런 생각으로 신경이 날카로워질 대로 날카로워진 유재명은 순간 멈칫했다.

문 밖에서 들려오는 조심스러운 여인의 목소리.

"들어와……."

까칠하게 섰던 유재명의 목소리에서 힘이 빠졌다.

끼릭.

문이 열리면서 한 여인이 방 안으로 들어왔다.

양 실장이다.

"이러고 계시지 말고 나가세요. 회장님과 사모님께서 기다리세요."

양 실장의 음색에서 안타까움이 묻어났다.

문 밖으로 새어나갈까 봐 조심하는 듯한 양 실장.

"가족들과 편하게 어울려 봐요……."

오랫동안 오성그룹 회장님 댁의 안팎 스케줄을 관리해 온 양 실장.

자신이 모시는 회장님 댁 도련님을 상대한다는 것보다 어린아이를 달래듯 어르고 있다.

그러나 그 누구도 할 수 없는 진심이 담긴 충고가 배어 있는 음성.

"후후……. 내가 왜!"

반항기 가득한 눈빛의 고등학생 같은 유재명.

침대 위에 큰 대자로 벌러덩 드러누워 버렸다.

"…재명 씨, 이러지 마요."

양 실장의 눈가가 붉어졌다.

"…힘내요. 재명 씨 이런 남자 아니었잖아요. 제발……."

유재명의 이름을 부르는 양 실장의 입술 끝이 파르르 떨렸다.

"양유리 씨, 당신 나를 기억하기는 했었다는 건가? 어떤 나를 기억하지?"

유재명은 가만히 두 눈을 감고 두 팔을 접어 머리를 베었다.

감은 두 눈이 뜨거워지는 게 느껴졌지만 유재명은 내색하지 않고 담담하게 말을 이었다.

"말 잘 듣던 도련님을 기억하나? 그것도 아니라면 집안의 식충이 취급을 받고 있는…….".

차마 더는 말을 잇지 못하고 입을 다물어버린 유재명.

대신 입가에는 비릿한 비소를 베어 물었다.

사랑했던 여인을 버려두고 정략결혼을 핑계로 책임을 회피했다는 것이 유재명 스스로 자신을 평가하는 기준이었다.

그 누구보다 자기 자신이 가장 경멸스럽게 느껴지는 유재명이었다.

그런 사실을 그 누구보다 잘 알고 있는 양유리.

더욱이 그의 입가에 물린 그 미소가 본래 유재명의 것이 아니란 것을 잘 아는 양유리의 마음은 괴롭기만 했다.

"미안해요. 모두 제 탓이에요. 미안해요…….".

스르륵.

기어코 눈가에 잦아들던 진한 눈물이 눈 안에 가득 고였다.

"맞아! 모든 게 당신 탓이야!"

유재명은 자리에서 일어났다.

그리고 눈에 불을 켜며 양유리를 쏘아보며 퍼부었다.

"그때 내 말대로 했다면 일이 이렇게까지 꼬이지는 않았을 거야. 결코……."

그러면서도 괴로운 듯 머리를 쥐어뜯는 유재명.

당시 유재명은 양 실장과의 관계를 가족들에게 오픈하기를 원했다.

하지만 극구 말렸던 양 실장.

오성그룹의 사정을 너무 잘 알고 있던 양 실장으로서는 자신이 해야 할 일이 무엇인지 알았다.

양 실장에게 있어 유재명은 자신이 사랑하는 한 남자가 아니었다.

대한민국에서 오성그룹이 무너지면 그 수를 헤아릴 수 없는 무수한 사람들의 삶이 피폐해지는 것은 불을 보듯 뻔한 일.

자신의 사랑만을 고집할 수 있는 입장이 아니었다.

"아, 알아요……. 모두 다 제 탓이에요. 어서 나가세요. 회장님께서도 방금 나가셨어요."

아직까지도 유재명과 양 실장과의 관계를 아는 가족들은 없었다.

두 사람에게 있어서는 지금에 와서 그 누가 안다 해도 집사와 도련님의 관계가 달라지지는 않을 거라는 걸 서로가 더 잘 알고 있었다.

더 적당한 자리를 찾아 다시 기업과 기업의 혼인 관계에 놓일 가능성이 더 컸다.

양 실장은 처음부터 자신의 남자로만 욕심 부릴 수 없는 사람임을 알았다.

최대한 소리가 밖으로 빠져나가지 않도록 유재명을 달래 보는 양유리.

"꺼져!"

양 실장의 마음을 모를 리 없는 유재명.

그녀의 입장이 어떻게 되든 상관없다는 듯 인상을 쓰며 화를 버럭 냈다.

차라리 유재명이 본가에 출입하지 않았을 때가 더 마음이 편했던 양 실장.

그리운 채로 보고 싶은 마음만 다스리면 모두가 편안한 나날을 보낼 수 있었다.

"…네……."

또로록.

아픈 마음을 달래며 보냈던 시간들에 대한 보상은 늘 이런 식으로 치러졌다.

참았던 눈물이 기어코 흘러내렸다.

양 실장은 고개를 숙여 인사를 하고 뒤로 돌아섰다.

끼릭.

처음부터 유재명의 성격이 저렇게 걷잡을 수 없이 즉흥적이었던 것은 아니다.

마음을 잡아보려 애썼던 사실도 알고 있다.

한때는 그랬던 그의 모습 때문에 마음이 더 아프고 외로웠던 사람이 양 실장 본인이었다.

사랑하던 남자를 다른 여인에게 보내야 했던 자신의 처지를 비관하던 순간도 있었다.

그러나 처지라는 것을 무시할 수 없었고 분수를 지켜야 한다는 것으로 자신을 채찍질했다.

더욱 냉정하게 유재명을 대했고 회장님 댁 도련님 이상의 호의는 보이지 않았다.

마음 한편에서는 그가 이혜진과 잘살길 바랐다.

그래야 자신이 그토록 고통스러운 마음을 끌어안으며 그를 보낸 의미가 그 빛을 발할 테니까 말이다.

그러나 뜻대로 되지 않았다.

양 실장은 조심스럽게 문을 닫고 사라졌다.

"바보, 멍청한 계집애……."

우둑.

입은 마음과 달리 거친 말들을 내뱉었다.

유재명은 입술을 질끈 깨물었다.

금세 비릿한 피가 입안으로 흘러들었다.

누가 봐도 실패한 이십대 청춘.

지금에 와서는 대 오성그룹의 차기 회장 자리고 뭐고 다 때려치우고 싶은 심정이다.

누구라도 건들면 다 부숴 버리고 싶은 활화산 같은 분노가 가슴에서 치받쳐 올랐다.

"하아……."

하지만 들끓던 분노도 잠시.

한없이 쓸쓸한 한숨이 그의 목구멍을 타고 올라와 입술을 열고 흘러나왔다.

여전히 변함없이 자신을 바라볼 때마다 슬픈 눈빛을 감추지 못하는 여인.

그녀 앞에서는 못난 모습만 보이게 된다.

오늘도 그녀만을 목적하고 본가에 왔지만 그녀의 눈물을 보고 말았다.

유재명의 마음은 이런 걸 원하지 않았지만 상황은 늘 악화일로를 달렸다.

가장 위로를 필요로 할 사람은 본인이 아니라 그녀임을 잘 알고 있는 유재명.

그러나 그녀의 눈에서 눈물을 가장 많이 빼는 사람도 본인이었다.

자신의 욕망을 참지 못하고 늘 괴롭혔던 여인이었다.

명색은 첫사랑이었지만 어떻게 보면 저택에서 자신의 욕망을 채워준 유일한 사람.

유재명도 알고 있었다.

그녀가 왜 이 집을 떠나지 못하고 있는지 말이다.

유일하게 유재명을 걱정하고 마음 쓰던 그녀.

독신선언까지 해가며 유재명의 삶을 걱정하는 사랑하는 여인.

"…유리야, 왜 우리가 이래야 하는 거니……."

한때 모든 것을 품어 안을 수 있을 만큼 착각이 들 정도로 마음이 넉넉해졌을 때도 있었다.

그때는 아버지에 대한 적개심도 거의 없었다.

평범한 모든 일상이 행복으로 느껴졌고 하는 일도 잘됐다.

그 뒤에 항상 그녀가 있었다.

무엇을 해도 든든하게 유재명을 지지해 주던 그녀.

그녀의 한마디가 유재명을 세웠고 전진하게 했다.

유재명은 울컥 가슴이 뜨거워지는 것을 느꼈다.

가득 찬 눈물을 끝내 흘리지 않기 위해 이를 악물었다.

이혜진과 이혼한 후 이 방에서 몇 날 며칠을 처박혀 신세를 한탄했을 때도 그녀는 조용히 유재명을 품에 안아주었다.

부모님보다 더 뜨거운 눈물을 흘렸던 그녀.

그녀를 위해서라도 다시는 값싼 눈물을 흘리지 않으려 다짐도 했었다.

그러나 또 그녀 앞에서 못난 모습을 보이고 말았다.

아직도 그녀에게는 십대 같은 얕은 감정에도 흔들리고 마는 유재명.

스읔.

유재명은 떨리는 손으로 얼굴을 감싸며 눈을 비볐다.

"기다려, 나도 너를 위해 뭔가 할 수 있는 게 있을 거야."

더는 두려울 게 없었다.

오성그룹의 황태자 자리에 미련도 없었다.

가장 소중한 것을 버리고 무엇을 얻기 위해 애썼나 생각해 봤지만 의미가 없었다.

'너를 위해… 내 모든 걸 버려보겠어.'

아버지보다 더 엄격했던 할아버지.

가문에 조금이라도 누가 되는 일을 할 때에는 자식에게도 가차없이 그 엄격한 잣대를 댔던 분이었다.

할아버지가 세워둔 가풍을 그대로 이어받은 아버지다.

그런 분을 상대로 싸울 생각을 했을 때는 손에 아무것도 쥘 수 없다는 것쯤은 이미 깨달은 유재명.

그것도 집안 대소사 모든 스케줄을 관리하고 신뢰하던

양 실장과의 스캔들일 때는 더할 것이다.

결혼 전부터 이미 관계가 있었다는 사실을 알게 된다면 가만히 있을 분이 아니었다.

그 부분에 있어서는 어머니 윤라희 여사도 같은 입장일 것이다.

짐작하고 있었을지는 모르지만 어쨌든 이혜진과의 결혼으로 묻혀 가벼운 스캔들로 덮어졌던 일.

흐르던 물에 쓸려 내려간 쓰레기 덩어리쯤으로 치부해 버렸을 유재명의 사랑이었다.

지금도 이곳저곳 정당한 혼처를 물색하고 있을 어머니.

더 시간을 끌어서 좋을 게 없다는 것은 유재명도 잘 알고 있다.

대기업 자제로 태어난다는 것은 누리고 사는 것이 많은 만큼 감당해야 하는 의무조항도 많다.

독립된 인생 주체로서의 삶에 대한 선택은 최소화된다는 것이 가장 슬픈 현실이다.

사람의 삶에서 사랑하는 사람을 택하는 기본적인 일조차도 마음대로 할 수 없다는 사실은 이미 경험했다.

이런 상황은 설명할 수도 없고, 서로가 이해할 수도 없는 절대적인 것 중 하나다.

유재명뿐만 아니라 정재계 유명 인사들 모두가 그런 것

쯤은 포기해도 되는 것이라고 치부했다.

하물며 부모님마저도 그것은 선택의 영역이 아니라 의무이고 책임으로 여기는 부분이니, 대응할 만한 힘이 유재명에게는 없었다.

그러나 분명 유재명은 부모님의 뜻에 따랐고 그렇게 꾸린 가정이 결국 깨졌다.

지금은 그 무엇보다 후회하고 있었다.

남은 인생까지도 부모님 손에 의해 설계되고 있었다.

이제는 더 끌려가고 싶지 않았다.

빈털터리로 가문에서 쫓겨난다 해도 상관없었다.

적어도 사랑하는 여인과 마음껏 사랑하며 평범하게 한 번 살아보고 싶었다.

마주 보고 눈을 맞추며 눈물 젖은 사랑의 말이 아닌 환하게 웃으며 하는 사랑 말이다.

스윽.

유재명은 눈가를 훔치며 조용히 자리에서 일어섰다.

마음이 한결 가벼워지는 것을 느꼈다.

'내려놓으니… 좋군.'

유재명은 걸음을 옮겼다.

그의 걸음도 한결 가벼워져 있었다.

제2장
당신 참 바보다

마스터K

스스슥 스슥.

"김 부장님, 갈비 아랫부분으로 몇 점 더 부탁해요. 회장
님은 쇠고기 등심으로 드리세요."

"알겠습니다, 사모님."

"부장님~ 전 칠면조 구이로 주세요~"

"네~ 전무님."

"저는 오리 구이요!"

브라질 전통요리인 슈하스코로 준비된 저녁 만찬.

긴 쇠창살에 꿰어 구워낸 갖가지 구이가 먹음직스럽게

익어가는 냄새가 사방으로 퍼졌다.

저택에서 전속 요리사로 일하는 김 부장.

오성호텔 수석 주방장으로 근무하다가 저택으로 초빙돼
온 요리사가 몇 명 되었다.

저택의 주방에서 요리하고 있지만 오성그룹에서 제공하
는 모든 혜택과 기회를 공정하게 제공받았다.

주기적으로 호텔 순환 근무를 통해 실력을 계속해서 키
워 나간다는 것이다.

그렇기 때문에 요리에 있어서는 게을러질 수 없는 환경.

아침에 맛보았던 칼칼한 황태 해장국이 기가 막혔는데
다 이유가 있었다.

청양고추를 적당하게 넣어 시원한 맛을 살린 실력이 보
통은 아니었다.

바글바글 끓을 때 이미 냄새로 짐작했던 고수의 실력.

어느 분야에서든 고수들은 서로 검을 뽑아 보이지 않아
도 알아보는 법이다.

이제 막 한 밥을 황태국에 한술 말아 먹으며 나는 스스로
유 회장댁에 머물게 된 것에 찬탄했다.

굳이 내가 요리를 직접 하지 않아도 최고의 요리들을 맛
볼 수 있는 기회.

"재명이는 뭘로 하겠니?"

"저는……."

"상무님은 양고기를 좋아하시잖아요."

"맞아! 재명이는 비위가 좋았지. 호호호, 고마워, 양 실장."

"아닙니다."

"언니도 앉아서 같이 식사해요."

"아닙니다. 식사가 끝나고 다른 직원들과 먹겠습니다."

'언니……?'

예린이가 다른 도우미들도 있건만 양 실장을 챙겼다.

주방장을 비롯해 여러 도우미가 서빙하고 있는 상황이라 누가 봐도 총책임을 도맡은 양 실장은 자리에 함께 앉을 수 없는 상황이다.

굳이 언니라는 호칭까지 써가며 챙긴다는 게 오버하는 것처럼 느껴졌다.

"오늘은 맥주 없나?"

"당신도 맥주로 하시게요? 잘 안 마시잖아요."

"왜 나도 마음만은 청춘이야. 양 실장, 쌉싸름한 흑맥주 있으면 한잔 부탁해."

"네, 회장님."

"아빠! 저도 흑맥주요!"

"그래, 예린이도 한잔해라."

"우리 막내, 맥주 노래를 하더니 오늘 소원 푸는구나, 호호."

"피이, 언니는 고등학교 때부터 마셨잖아!"

"어머~ 무슨 소리야. 그때는 호기심에 입술만 적셨다구~"

"거짓말~! 집안 행사 때 방에서 큰 잔으로 벌컥거리며 마셨잖아!"

"어머머~ 얘가 거짓말도 잘하네. 공부하는 학생이 무슨 술이야~"

아마 예성 누님은 몰래 술을 배운 모양이었다.

예린이의 예상치 못한 일격에 정말 당황한 듯 손사래를 쳤다.

하지만 예성 누님의 모습과 달리 다른 사람들은 예린이 말처럼 예성 누님의 과거를 인정하는 분위기다.

"예성아, 다 지난 일인데 괜찮아. 엄마도 외할아버지 몰래 고등학교 때 술 좀 마셨다."

"호호, 엄마도요? 전 또 아빠를 닮아서 그러는 줄 알았죠~"

"큼큼, 무슨 소리. 난 아니다. 할아버지가 엄해서⋯⋯."

"여보, 말씀은 제대로 하세요. 당신 중학교 땐가 아버님 양주 한 병을 다 마셨다고 하지 않았어요?"

"내, 내가 언제… 당신도 참. 난 그냥 보리차인 줄 알고……."

"호호호, 역시 아빠도 과거가~"

'편안하고 좋군.'

분위기가 화기애애하니 행복한 시간이 흐르고 있었다.

준비된 요리 양이 꽤 많은 것으로 보아 가족들 식사가 끝나면 직원들끼리의 식사도 준비되고 있는 것 같았다.

하긴 안팎으로 서 있는 경호원들만 하더라도 그 수가 꽤 됐다.

그들의 식사량만 해도 여기 있는 요리들이 부족할 것이다.

'가든파티가 이 정도는 되야지.'

정원에서도 훤한 자리에 자리잡은 대형 숯불 화덕.

지글지글 기름을 떨어뜨리며 익어가는 갖가지 고기들.

신선하게 막 제공되는 시원한 맥주.

고급스러운 바비큐 파티 전용 접시들과 시원한 느낌의 유리 볼에 담긴 형형색색의 샐러드와 야채들.

밑반찬으로 조금씩 깔린 배추김치, 갓김치, 깻잎 등의 토속 반찬들에 구수한 냄새가 일품인 된장찌개까지.

아마 유병철 회장의 식성을 감안한 배려로 보였다.

그뿐인가.

보조 테이블 위에는 얼음을 가득 채운 유리그릇이 놓여 있고 그 옆으로 십여 병의 포도주가 열을 맞춰 세워져 있다.

또 이십여 가지가 넘는 기본 요리가 새하얀 보를 깐 테이블들 위에 진열돼 있는데 모두 스테인리스 볼에 담겨 있다.

약간의 아쉬움이 있다면 현악 사중주가 빠졌다는 것?

옆에서 식사를 돕는 사람만 해도 여섯 명.

거기에 요리사만 해도 세 명.

유병철 회장의 가족 다섯 명과 나를 위한 가든파티에 투입된 엄청난 인력이 아닐 수 없다.

그걸 두고 달리 할 말이 있는 것은 아니다.

정당하게 대가를 지불하고 인력을 사용하는 사회 지도층의 모습을 눈으로 확인하고 있다는 것뿐.

이렇게라도 부를 축척한 사람들이 돈을 풀지 않는다면 어떤 국가와 사회에서도 경제가 순환하기는 어려울 테니까 말이다.

저마다 능력 되는 대로 살아가는 민주주의 사회의 일면 중 하나.

돈의 힘을 보여주는 전형적인 모습이었다.

전혀 다른 상황에서 오늘 같은 풍경을 접했다면 억울했

을지도 모른다.

사람 마음은 다 같다고 하니까 말이다.

그러나 그 역시 마음먹기의 문제.

사실 부의 분배가 IMF 이후 더 심하게 어느 한쪽으로 편중돼 가고 있는 건 사실이다.

그걸 어쩌겠는가.

이미 전 세계적으로 큰 물살의 흐름이 빈부격차를 더욱 벌이는 쪽으로 흘러가고 있다.

공산주의가 아닌 이상 그 물길을 막을 방법은 없다.

노력한 만큼 얻고, 얻은 만큼 누리고 산다는데 누가 뭐라 할 것인가.

나 역시 누리기 위해 노력할 것이다.

때가 이르면 개벽이 일어나듯 또 한 번의 세상이 뒤집혀 그 물길이 바뀌는 날이 오지 않겠는가.

양 도사는 세상의 법이란 것은 돌고 돌 뿐, 새로울 게 없다고 했다.

민중 봉기 같은 형태로 편중되던 부 역시 재분배되는 시기가 도래한다고 했다.

지금의 대한민국은 과거 밥 한 끼를 빌어먹기 위해 날품을 팔던 시절이 아니라는 것이다.

물질의 축복이 대한민국을 점령했고 온 국민은 그 축복

을 받고 있다고 했다.

한민족 역사상 그 어느 시절에도 한 달 벌어서 쌀 몇 가마를 살 수 있던 때는 없었다고 한다.

양 도사의 한탄인 즉은 욕심을 부리지 않고 분수를 안다면 이 시대는 더할 나위 없이 태평천하를 누릴 수 있는 천년의 시대라는 것이다.

그러나 가진 만큼 더 갖고자 하는 욕망이 사람들을 도시로 몰고 갔다.

그래서 그런 곳에 나를 둘 수 없어 설악산에서 보호 차원으로 데리고 있노라 말했다.

세상 물정 모르는 내가 도시에 나가 하늘을 찌를 듯한 인간의 한없는 욕망에 물이 들어 천지분간 못하게 될까 봐 늘 걱정이라고.

내가 바라는 것은 양 도사 그늘에서 벗어나는 것 하나뿐이었지만 결코 양 도사는 그리 생각하지 않았다.

온 우주를 다 가져도 만족하지 못하는 게 인간이라고 했다.

어떤 면에서는 인정하지 않을 수 없었다.

성인군자가 아닌 이상 남들보다 잘 먹고 잘사는 것을 바라지 않을 사람이 몇이나 있겠는가.

나도 그 정도 욕심은 있는 남자다.

"아들, 오랜만에 한잔할까?"

"네……."

윤라희 여사가 유재명 상무의 얼굴빛을 살피며 술을 권했다.

"맥주?"

"아닙니다, 먹던 것 먹겠습니다."

"뭐? 포도주?"

"글렌피딕을 좋아하십니다."

윤라희 여사를 비롯해 회장 일가족의 일거수일투족을 쫓는 양 실장의 눈과 귀는 어느 것 하나 놓치지 않는 듯했다.

유상무가 평소에 즐기던 술이 뭔지 몰라 고개를 갸우뚱하는 윤라희 여사에게 재빨리 팁을 주는 양 실장.

"와~ 엄마도 오빠에 대해 모르는 게 있어요? 양 실장님이 더 잘 아시네~"

예성 누님이 유재명이라면 물불 가리지 않는 윤라희 여사를 바라보며 한마디 했다.

윤라희 여사는 살짝 당황한 것 같았지만 이내 편안하게 분위기를 주도했다.

"그야 당연한 거 아니니? 양 실장이 재명이 대학 때부터 거의 키웠는데. 내가 한참 문화클럽 조성해서 돌아다니느라 바쁠 때였으니까……."

"호호, 맞아 그랬어요. 그때 참 바쁘셨죠~"

"그때 우리가 봤을 때는 아빠하고 내기하는 것 같았어요. 누가 더 늦게 들어오나 시합이라도 하는 줄 알았다니까요, 호호호."

예성 누님의 말에 예린이까지 합세해 맞장구를 쳤다.

그러나 호호 웃는 자매와 달리 분위기는 묘하게 흐르고 있었다.

'이거 수상한데……. 분위기 왜 이래……?'

나만이 그렇게 느끼고 있는 것 같아 내색은 하지 않았다.

독신주의 선언까지 하며 유병철 회장님 댁의 거의 모든 일을 도맡아 하고 있다는 집사 양 실장.

꽤 미인이다.

유 회장님 댁 가족들 중에서도 유난히 유재명 상무에게 가장 많이 눈길을 주고 있다.

한가족처럼 지내는 분위기여서 처음에는 별 신경을 쓰지 않았지만 뭔가 있다.

'설마… 사귀는 거 아냐?'

어차피 유재명 상무도 이혼한 마당에 싱글끼리 이러쿵저러쿵할 수도 있는 일.

두 사람이 만드는 그림이 어색하지는 않았다.

문제는 유재명 상무의 신분이 쉽게 만날 수 있는 상대가 아니라는 게 좀 걸렸다.

그리고 한 번 실패했다고 아들을 집안일을 보는 집사와 엮이게 둘 리도 만무했다.

있는 사람들이 가장 신경 쓰는 것이 바로 남의 눈이라고 들었다.

자신들의 삶마저도 보는 사람들의 눈 때문에 섣불리 행동하지 못하는 부류의 사람이 상류층 사람들.

파밧.

그때 유재명 상무가 살짝 고개를 들어 양 실장을 쳐다봤다.

'혈, 맞네!'

순간 나는 확실하게 감을 잡았다.

유재명의 눈빛에서 느껴지는 감정은 바로 애증.

선천태극오행기공을 수련하게 되면 인간이 갖고 있는 희로애락에 관한 감정을 정확하게 캐치해 낼 수 있게 된다.

오랜 수행을 거친 고사들이 점쟁이 뺨치는 점술을 보이는 것도 다 이유가 있다.

과거에 대한 것은 웬만큼 수련을 거듭하면 누구나 가능한 일.

그러나 미래를 훤히 내다볼 수 있는 것은 아무나 하는 게 아니다.

선천태극오행기공 수련을 꾸준히 갈고닦게 되면 그 미래까지 예견할 수 있게 된다.

또 천지간의 기를 통하면 마주앉은 사람의 기를 그대로 스캔하게 되어 기 변화까지 읽을 수 있게 된다.

말 그대로 기와 신이 통달하게 되는 것이다.

신이라는 것의 정확한 의미가 꿰뚫어 보는 자를 의미하는 것인 줄을 안다면 이해가 쉬워진다.

우주의 영적인 기운을 통해 상대의 과거와 현재를 꿰뚫어 미래를 예측하는 것.

무업에 종사하는 이들이 바로 이 원리를 통해 점술을 보고 신과 제자로 엮여 먹고사는 것이다.

무업을 업으로 삼는 사람들은 제대로 명부를 발급받아 먹고 사는 것이고 도사들은 그냥 자격증 없이 그 능력을 쓰는 것이다.

오랫동안 한 우물을 판 도사들이 신기를 부릴 수 있는 것도 기를 통했기 때문이다.

아무래도 도를 닦다 보면 천지간의 기운과 통하게 되어 있다.

도통의 힘을 빌려 무당이 울고 갈 만한 신기를 발휘하는 것이다.

스승 양 도사의 경지까지는 아니었지만 나도 흉내 낼 정도의 수준에는 이르러 있었다.

서로가 주고받는 대화와 눈빛을 통해 읽어내는 것이다.

'어렵네 어려워, 쯧쯧.'

유재명의 눈빛은 이미 한 번쯤 난관에 부딪혀 본 경험이 있는 것으로 신중을 기하고 있었다.

쉽지 않은 어떤 숙제를 안고 있었다.

두 사람이야 문제가 되지 않을지 모르지만 사람이란 것이 혼자 살 수 있는 존재가 아니었다.

더구나 유재명의 신분은 대 오성그룹의 차기 후계자.

잘나가는 그룹의 딸과 이혼 후 집안일을 보는 집사와의 스캔들.

남의 얘기 입에 올리기 좋아하는 호사가들에게 몇 년 치 호박씨를 내주는 것이나 마찬가지다.

그리고 아들의 이름이 기업인들 집안에서 입방아에 오르 내리는 것을 자존심 강한 윤라희 여사가 두고 볼 리 없다.

유병철 회장 또한 어떻게 나올지 모른다.

어느 정도 이해는 해줄지 모르지만 두 사람의 관계가 환 영받을 수는 없을 것이다.

자식 이기는 부모 없다고들 하지만 요즘 세태는 꼭 그렇 지도 않은 세상.

특히 아들에 대한 지극한 사랑과 존중은 대부분 어머니

들의 몫.

양 실장과 유재명 상무의 운명이 폭풍 속을 헤매는 조각
배 꼴이었다.

'알다가도 모를 게 인생이라더니……'

참 아이러니했다.

마음만 먹으면 세상에 이루지 못할 게 거의 없는 오성그
룹의 장자인 유재명 상무.

어떻게 된 게 바람둥이 여자를 아내로 맞는가 하면 이혼
후 다시 엮인 여인이 집사 신분의 여성.

이루어질 수 없는 사랑이어서 괴로운 것일까.

고민에 있는 대로 인상을 쓰고 있어 미간에 깊은 주름이
잡혔다.

상황을 빨리 해결하지 않으면 인생 말년까지 좌우할 흉
상의 시작이었다.

본래 관상이란 것을 말할 때 타고난 바와 후천적으로 개
발되어야 할 잠재된 복이 복합적으로 만들어내는 것을 함
께 두고 본다.

특히 양 도사의 지론에 의하면 선후의 차이만 있을 뿐,
사람이 타고나는 복은 큰 차이가 없다고 했다.

선한 일을 하고 온힘을 다해 삶을 살아내면 점점 운이 더
해진다는 것이다.

그 결과 하늘이 내리는 축복처럼 삶에 정직한 만큼 관상도 변한다.

보고 배운 바 본으로 삼은 사람이 양 도사 한 명이라 그게 좀 그렇지만 객관적으로 틀린 말은 별로 하지 않는 양반이었다.

그런 양 도사가 말한 관점에서 보자면 유재명의 인상은 곧 관짝 메고 무덤으로 들어가는 꼴이다.

남부러울 것 없는 집안에서 태어났으면서도 이십대를 제대로 헤쳐 나오지 못해 운을 물에 말아 드시고 있었다.

"강 군, 어때. 자네도 맥주 한잔할 텐가?"

"하하하, 안 물어보시면 조용히 방으로 돌아가려고 했습니다. 이불 둘러쓰고 울 참이었거든요."

"하하하 그랬나? 마음껏 마시게. 단, 정신줄은 놓지 말게."

"그건 걱정 안 하셔도 됩니다. 자랑은 아니지만 설악산에서 정신수행 좀 했거든요. 하하."

나를 제외한 사람들은 한식구.

그들의 만찬에 객으로 끼어 있지만 어제 제공한 백초건 강만세주 덕분에 분위기는 화기애애했다.

이런 면에서 살다 보면 뇌물이란 것이 가끔 필요한 법이다.

원리원칙만 따지다가는 죽어서 무덤가에 풀도 나지 않을 것이다.

바람 부는 대로 흐르다 산을 타고 넘는 구름처럼 흩어지기도 해야 할 때가 찾아왔다.

그리고 뇌물이라고 해서 다 나쁜 것만으로 받아들일 필요는 없다고 생각한다.

진심으로 상대가 잘되길 바라는 마음으로 물질적인 것을 제공한다면 그것은 칭찬받아 마땅할 일이 아니겠는가.

물론 도가 지나친 것은 문제가 있다.

기업과 지역, 나아가 나라에 해악을 주는 규모의 뇌물이라면 법의 망치로 얻어맞아야 옳을 것이다.

"아빠, 민이 학교 다닐 때 교장선생님의 특별 지도 대상자였어요. 아마 우리 학교에서 교장선생님과 술까지 마신 사람은 민이가 유일할 걸요~"

"우와~ 정말? 한국 고등학교 생각보다 멋진데~"

"맞아~ 강남여고보다 훨 낫지~"

"글쎄~ 우리 막내 하는 짓 봐서는 그것도 아닌 것 같은데~"

'예성 누님이 강남여고 출신이군. 자매들은 다 저런 식인가.'

마치 예린이와 예성 누님의 대화를 보고 있다 보니 세아

누나와 세라를 마주하고 있는 듯한 착각까지 들었다.

윤라희 여사와 유병철 회장의 반응도 장씨 아저씨 내외분과 다르지 않았다.

딸들의 투닥투닥하는 모습을 흐뭇하게 바라보고 있는 두 분의 눈빛.

"술이 준비되었습니다."

양 실장이 윤라희 여사에게 다가가 말했다.

딸깍 딸깍.

테이블 위에 순차적으로 놓이는 500cc 맥주잔들.

'오오오! 저게 말로만 듣던 진짜 흑맥주!'

정원 한쪽에 마련된 맥주 저장고 쪽에서 막 꺼내온 흑맥주.

잔에 서린 차가운 기운에 진한 흑맥주가 보기만 해도 시원해 보였다.

넘칠 듯 채워진 거품이 거의 삼 센티 정도 덮여 있어 더욱 눈을 즐겁게 했다.

아마 잔을 시원하게 보관했다 술을 채워온 듯했다.

"언더락입니다."

도우미들이 맥주잔을 내려놓자 양 실장은 섬세하게 유재명 상무를 챙겼다.

양 실장은 얼음을 세 알 넣어 잔을 건넸다.

손길에서 바텐더가 단골 고객을 대하는 듯한 친근함과 정성이 느껴졌다.

"자, 모두 잔이 채워졌으면 들어요."

저택의 안주인인 윤라희 여사가 기분 좋게 잔을 높이 들었다.

"오성그룹의 무궁한 발전과 또 우리 집에 오랜만에 찾아든 장기 하숙생을 위하여~!"

그리고 건배사까지 선창했다.

"위하여!"

역시 집안에서는 남자보다 여자가 우위인 게 분명하다.

오성그룹마저도 집에서는 유병철 회장이 아닌 윤라희 여사가 키를 잡고 있었다.

테이블에 둘러앉은 모두는 각자의 잔을 높이 들어 서로 부딪쳤다.

쨍 째쟁.

맑게 부딪히는 잔들.

꿀꺽.

먼저 회장님 내외분이 입을 축였다.

'흐흐흐, 맥주다! 그것도 흑맥주!'

보통 맥주와 확연하게 색의 차이를 보이는 짙고 어두운 색의 맥주.

향기도 달랐다.

뭐랄까, 한낮 거리를 거니는 평범한 여인과 밤거리를 걷는 섹시한 미녀를 보는 차이랄까.

처음 맛보는 흑맥주란 것을 제대로 한번 마셔볼 생각에 기분은 벌써 어질어질했다.

"민아, 우리도 마시자."

나의 옆자리에 앉아 있던 예린이가 잔을 다시 한 번 내밀었다.

어서 한잔 마시자는 신호.

성년이 되고 제대로 자리가 마련된 음주식이다.

기분까지 설레는 게 괜히 가슴이 떨려왔다.

스윽.

나는 지그시 눈을 감고 잔을 입에 댔다.

'흐음.'

먼저 코로 알싸한 맥주향이 파고들었다.

확실히 일반 맥주와 느낌이 달랐다.

한국 고등학교 재학 시절 교장선생님과 마셨던 맥주와는 분명 차이가 났다.

제대로 발효가 된 흑맥주.

'술맛도 돈 따라 가네.'

척 봐도 일반 호프집에서 만나기는 힘들 것 같은 맥주다.

하긴 오성그룹 일가가 즐기는 맥주가 시중 것들과 같을 리도 없겠지만 말이다.

꿀꺽.

입안 가득 한 모금을 채웠다.

'웁스!'

토독 쏘며 입안에 퍼지는 풍미 가득한 향과 맛.

쌉싸름한 맛이 진했다.

그리고 그게 다가 아니었다.

처음 입안에서 느껴지던 쌉싸름한 맛은 곧 사라지고 벌꿀향에 가까운 맛이 돌았다.

흑맥주가 갖고 있는 본래의 향인 듯 달달함은 혀끝에 잠시 머물렀다.

게다가 온 입안이 얼얼할 정도로 시원하다.

귀 밑까지 찌르르르 전해지는 차가운 맥주 맛.

꿀꺽꿀꺽.

목젖을 한껏 열고 제대로 들이부었다.

양 도사가 그랬다.

맥주는 중간에 끊지 말고 단숨에 원샷으로 들이켜야 제 맛이라고.

일제시대 때 잘나가던 경성 부잣집 아드님답게 일찍부터 맥주 맛을 알았었다는 양 도사.

고량주를 제외하고 맥주는 취급도 하지 않는 이유가 당시 마셨던 맥주 맛과 비교도 안 될 만큼 형편없어진 맹물 수준의 맥주 맛 때문이라고 했다.

아마 지금 이 맥주를 양 도사가 맛본다면 찬탄할 것이다.

콸콸 뱃속으로 흘러들어가는 흑맥주.

꿀꺼어억.

단숨에 잔을 비우고 남은 한 방울까지 입안에 털어 넣었다.

"캬아!"

나도 모르게 내뱉고 만 탄성.

'이거 죽이네~!'

눈을 감은 채 입안에 남은 흑맥주의 흔적을 곱씹었다.

마당을 가로질러 시원하게 불어오는 바람과 입안에 돌고 있는 흑맥주 향.

눈을 뜨면 꿈에서 깨어 이곳은 내가 있을 자리가 아닌 오성 일가의 안식처란 사실을 깨닫고 말 것이다.

잠시 눈을 감은 채 나는 나만의 행복을 즐겼다.

진짜 행복했다.

"민아, 그렇게 맛있니?"

'핫!'

소란 속의 고요를 깨며 예성 누님의 목소리가 나의 꿈을 깼다.

사락 눈을 떴다.

'오잉?'

테이블에 둘러앉은 모두의 시선이 나에게 쏠려 있었다.

그뿐인가.

요리사들을 비롯해 도우미들까지 나를 쳐다보고 있었다.

"민이가 맥주를 많이 사랑하나 봐요. 호호."

"어머, 정말 맛있게도 마신다."

"하하, 그렇게 맥주를 좋아하는데 산속에서 수련은 어떻게 했는가?"

반응이 이렇게 나올 만도 했다.

예린이네 식구들은 모두 진짜 내가 맥주를 많이 즐기는 사람인 줄 아는 것 같았다.

상관없었다.

가족들의 유쾌한 반응이 나도 기분 좋았다.

더구나 어렵다면 어려운 오성그룹 회장님 앞에서 나처럼 맥주를 기분 좋게 마신 사람도 없을 것이다.

모두의 표정을 보면 알 수 있다.

"하하하, 그래서 제가 산에서 내려왔습니다. 도도 중요하지만 제 나이엔 이런 일상도 필요하니까요~"

꼭 맥주가 아니어도 이제 꽃피기 시작한 청춘은 양 도사와 함께 설악산에서 썩을 수는 없었다.

이런 맛을 이 시절에 느껴보지 않는다면 언제 느끼겠는가.

솔직한 나의 심정이다.

최첨단을 달리는 시대에 심심산골에 묻혀 도 닦는다고 누가 칭찬할 것도 아니다.

매일 죽어라 일해봐야 양 도사의 시커먼 주머니 채우기도 버거웠다.

사라진 나의 육 년 세월을 생각하면 지금 당장 눈앞에 총알이 날아오고 있다 해도 두렵지 않았다.

"실장 누님, 한 잔 더 주세요~! 너무 맛있어요!"

나는 스무 살 풋내기 숫총각.

눈웃음 작렬하게 날리며 양 실장에게 잔을 내밀었다.

"네~ 가득 채워 드릴게요."

오성 일가족 옆에서 이런저런 시중을 모두 들어주고 있던 양 실장 누님의 입가에 미소가 번졌다.

그리고 잔을 받으려 손을 뻗었다.

"니가 가져다 마셔! 양 실장이 니 비서냐?"

조용히 양주잔을 비우던 유재명이 난색을 표했다.

자칫 누가 보면 유재명 상무의 와이프에게 내가 실수한

걸로 오해를 살 만한 상황.

그러나 그 역시 나만이 느끼고 있는 기류인 듯했다.

'자기 애인이라 이거야?'

나는 괜히 나서고 싶지 않아 모르는 척했다.

"아, 아닙니다, 상무님. 제 일입니다."

"오빠, 취했어? 왜 그래?"

당황하기는 양 실장이 가장 곤혹스러워했다.

그리고 내가 민망할까 봐 재빨리 예린이가 끼어들었다.

"아들~ 지금 오버한다."

즐겁게 잔을 비우던 분위기는 순식간에 경직되었다.

한쪽에서 윤라희 여사가 낮고 차분한 목소리로 유재명 상무를 향해 한마디 했다.

그러나 목소리에서는 차갑고 냉정한 기운이 느껴졌다.

조금 전과는 다소 차이가 있는 음색.

'여장군이 따로 없으시네.'

분명 어머니로서의 기운은 감돌고 있었지만 오성그룹의 안주인답게 공과 사의 구분이 엄격이 이루어지고 있었다.

나를 손님으로 대하고 있는 윤라희 여사의 내심이 드러나는 순간.

아들이 손님에게 실수한 것으로 판단한 것이다.

목소리 하나로 충분히 사람을 주눅 들게 만드는 기가 담겨 있다.

요즘 부쩍 유행하는 신 받기 테스트를 해도 단박에 장군
님이 내릴 정도의 강력한 기세다.

유병철 회장은 잔을 든 채 조용히 유재명을 바라보고 있
었다.

"아니요, 어머니. 오버는 어머니께서 한 것 같습니다. 한
가족 같은 양 실장을 하녀 부리듯 해도 된다는 말씀 같습니
다. 그리고 아무리 예린이와 친구라고 하지만 어디서 어떻
게 굴러먹었는지도 모르는 사람을 집안에 들여 살게 하신
것도 이해하기 힘듭니다."

'제대로 내가 마음에 안 든 모양이네.'

"오, 오빠!"

나의 태도가 충분이 마음에 들지 않을 수 있었다.

첫 대면에 유병철 회장의 관심을 산 것부터가 거슬렸을
것이다.

또 예린이는 유병철 회장의 신뢰를 받는 막내딸.

예린이가 신경질적인 목소리로 유재명 상무를 불렀다.

"사랑하는 오라버니, 오늘 좀 예민하시네~ 왜 회사에서
무슨 일 있었어요?"

예성 누님이 눈웃음을 지으며 유재명 상무에게 눈 사인
을 보냈다.

"……."

순식간에 싸늘하게 식어버린 분위기.

거의 열대우림에 거대 빙산이 떠내려온 듯한 기분이다.

화기애애했던 가든파티 자리가 유재명의 말 몇 마디에
거의 초토화돼 버렸다.

'초가삼간이라도 내 집이 편하다는 말이 맞군.'

다 쓰러져 가던 너와집에서도 왕 노릇을 했던 양 도사가
떠올랐다.

너와집 한 채를 가지고도 나를 종 부리듯 했던 양 도사.

하물며 궁궐 같은 대저택에서 태어나고 자랐을 유재명이
나를 이렇듯 취급하는 것도 어려운 일은 아니란 생각이 들
었다.

그러나 마음의 상처 같은 것은 나와는 거리가 먼 일.

이런 일에 상처를 받았다면 나는 자처해 내 부모님의 뒤
를 따랐을 테니까 말이다.

어릴 때부터 뼈저리게 느꼈던 집 없는 서러움.

다시 한 번 확인하는 것에 지나지 않았다.

내가 할 수 있는 것은 능력을 배양하고 힘을 쌓아보란 듯
이 일가를 이루는 일이다.

그 누구도 함부로 말할 수 없는 내 스스로 이룩한 나의
미래가 될 것이다.

식도를 타고 내려가 위장에 고인 흑맥주의 쌉싸름한 맛이 목구멍으로 솟구쳐 올라왔다.

"형님 말씀이 맞습니다!"

나는 분위기 파악 정도는 할 줄 아는 놈이다.

"나이 어린놈이 앉아서 넙죽 받아먹는 건 예의가 아니죠~ 제가 직접 가져다 마시겠습니다~"

씩씩한 목소리로 기파를 전달했다.

여기서 내가 되도 않게 내 목소리를 낸다면 분위기는 더 개판이 될 것이다.

한 번 식은 분위기는 나의 너스레에도 별다른 반응이 보이지 않았다.

저벅저벅.

그 누구도 나의 말에 대꾸를 하는 사람이 없다.

"늦어서 죄송합니다."

그때 막 등장한 예성 누님의 남편 강현철 부사장.

"어머~ 자기 왔어. 왜 이렇게 늦었어, 기다리다 눈 빠지는 줄 알았잖아~"

착 가라앉은 분위기를 띄워보려 예성 누님도 오버스럽게 자리에서 일어났다.

"형부~! 보고 싶었어요."

유재명 상무에게 한마디 쏘아붙였던 예린이도 얼굴을 펴

고 강현철 부사장을 맞았다.

"어서 오게, 강 서방."

얼굴에 아직 불편한 심기가 다 가시지 않은 채 윤라희 여사는 입가에 미소를 지었다.

"네, 장모님. 맛있는 저녁 먹으려고 급하게 처리한다고 했는데도 늦었습니다."

이미 집 안에 들어서면서부터 이상기류를 감지한 강현철 부사장.

괜히 오성 일가 일원이 아니었다.

눈치껏 분위기를 파악하고 행동했다.

"어서 오십시오, 형님."

"어, 민이, 오늘 어때 잘 지냈어?"

나도 섞여 인사를 건넸다.

힘찬 나의 목소리에 강 부사장 역시 안부를 물었다.

띠리리 띠리리리 띠리리.

그때 갑자기 누군가의 핸드폰 벨소리가 울렸다.

부스럭 부스럭.

딸깍.

유재명 상무가 주머니 속에서 휴대전화를 꺼냈다.

"여보세요? 어, 뭐라고? 알았어! …알았다고. 지금 갈게."

전화를 받은 유재명 상무의 얼굴이 굳어지는가 싶더니 이내 자리에서 일어났다.

"무슨 일이냐?"

함께 자리에서 일어난 윤라희 여사가 물었다.

"용인 사업장에서 지역 주민들과 마찰이 좀 있었나 봅니다. 가봐야 할 것 같습니다."

"이 시간에?"

"네, 철거를 반대한 지역 주민들과의 마찰이라… 신속하게 처리해야 언론을 타는 걸 막을 수 있습니다."

"가봐라."

여태 조용하게 테이블에서 오가는 얘기를 듣고만 있던 유병철 회장이 조용히 입을 열었다.

재개발 지역과 철거 지역 등지에서 으레 있는 일들.

유병철 회장이 이런 상황의 심각성을 모를 리 없었다.

"죄송합니다."

조금 전 서로에게 술을 권하던 때보다 더 개운해진 유재명 상무의 표정.

왠지 뭔가 거꾸로 된 듯한 느낌이 들었다.

분명 내가 이방인임에도 불구하고 유재명 상무에게서 그런 느낌이 더 강하게 전해졌다.

"양 실장이 좀 챙겨요."

"네, 사모님."

"아닙니다. 바로 나가겠습니다. 그럼……."

윤라희 여사와 유병철 회장을 향해 고개를 숙이는 유재명 상무.

"많이들 먹어라."

"오빠, 너무 무리하는 거 아냐? 그리고 자주 좀 놀러와요."

싸늘하게 식어버린 분위기를 반전시켜 보려 애쓰던 예성 누님이 애교를 떨었다.

"오빠, 조심해서 가요."

이미 살짝 기분이 상한 예린이는 유재명 상무를 향해 평범한 인사를 날렸다.

"형님, 오랜만에 같이 술 한잔하려 했는데……."

"강 서방, 다음에 연락해."

"네, 형님."

짧은 인사를 남긴 채 서둘러 유 상무는 걸음을 옮겼다.

"다음에 뵙겠습니다."

눈을 마주치지 않았다고 인사를 빼먹을 내가 아니었다.

나는 재빨리 자리에서 일어나 꾸벅 고개를 숙이며 친절한(?) 배웅을 했다.

"……."

저벅저벅.

대꾸도 하지 않고 옮기던 걸음을 멈추지 않고 가버리는
유재명 상무.

상관없었다.

사박사박.

그렇게 돌아서 유재명 상무의 뒤를 양 실장이 뒤쫓았다.

"……."

잠시 주변으로 내려앉는 침묵.

"김 부장님, 바비큐가 다 식은 것 같아요. 다시 한 번 부
탁해요."

"네, 사모님."

"호호, 뭣들 해요? 다들 술 안 마셔요?"

어색한 분위기를 거둬내려 목소리를 높이며 잔을 들어
보이는 윤라희 여사.

"그런데 어머니, 이 맥주는 어디서 가져오시는 겁니까?"

"왜?"

"하하하, 너무 맛이 좋습니다. 다음에 저희 아버지 제사
상에 올리고 싶어서요~"

"맛있지? 나도 작년까진 입에도 대지 못했던 거야~ 콜
라만 먹고 있었다니까?"

"예린아~ 아무리 민이 앞이라지만 거짓말 너무 잘한다.

내가 분명 콜라에 뭘 좀 섞어줬던 걸로 아는데 그건 보리차였니? 호호호."

"어머, 언니! 그거 그냥 보리차 아니었어? 어쩐지 그날따라 콜라 맛이 너무 좋다 했어~ 호호호호."

분위기 메이커는 애교 만점인 예성 누님인 것 같았다.

예린이는 덩달아 예성 누님의 말에 휘말리면서 축 가라앉아 있던 테이블 분위기를 바꿔 놓았다.

"강 군, 아무리 맛있어도 적당히 마시게. 하하하, 경호원들도 오늘은 요기를 좀 해야 하니까 말이야."

"네! 목마른 사슴이 맥주를 찾아 목을 축이고 그 맛을 음미할 수 있을 만큼~ 적당히 남겨두겠습니다~!"

"뭐? 목마른 사슴이 맥주를 찾아?"

"호호호, 그 말 참 썰렁한데 재밌네."

"뭐야~ 진짜 사슴이 목마르면 맥주를 찾아?"

순진한 얼굴로 눈을 동그랗게 뜨고 깜빡이며 나를 바라보는 예린이.

"처제 몰랐어? 독일에서는 여름에 사슴이 맥주를 마셔."

"네? 정말요?"

"그럼~ 내가 직접 봤어. 그뿐인 줄 알아. 러시아에서는 곰이 배가 고프면 도시락 라면도 끓여 먹어."

"혀, 형부!!!"

그제야 무언가 이상한 걸 눈치챈 예린이가 눈을 한껏 흘겼다.

"어떡하니. 누가 너를 데려갈까 몰라~ 고생길이 훤하구나~ 호호호."

역시 순진하기 그지없는 예린이.

농담을 너무 진지하게 받아들이는 모습이 모르는 사람이 보면 답답할 만했다.

"어, 언니!!!"

"민이도 그렇게 생각하지?"

예성 누님은 괜히 나를 물고 늘어졌다.

"글쎄요. 예린이 매력 중 하나가 저런 모습 아니겠습니까."

발그레.

내심 기대를 했는지 나의 대답을 듣고 예린이는 얼굴을 붉혔다.

"순수함? 말은 바로 해야지~ 그건 무지한 거야! 좋게 말하면 백치미고 말이야. 호호호호."

"으아앙! 언니!!!"

예성 누님의 농담에 우는 소리를 터뜨리는 예린이.

방금 전까지 함께 자리하고 있던 유재명 상무가 자리를 뜨자 분위기는 다시 종전처럼 화기애애해졌다.

나는 모습이 사라진 대문 쪽을 한 번 더 쳐다보았다.

'당신… 참 바보다…….'

몇 번 겪어보지는 않았지만 거의 완벽할 정도의 가정환경을 보이고 있는 유병철 회장 댁.

사회 상류층으로 산다는 것이 가끔은 머리가 복잡하고 아프겠지만 그런 것쯤은 누구나 겪는 일.

잘사는 사람도 못사는 사람도 그 정도 머리 아픈 것쯤은 분수에 맞게 겪고 산다고 했다.

대신 삶에서 누리는 여러 가지 풍요는 사람이면 누구나 부러워할 만한 환경 아닌가.

유재명 상무의 모습은 자신이 누리고 사는 삶에 거부감을 보이는 듯했다.

유 회장 내외분에게 표출하는 거북한 발언들과 행동.

덜떨어졌거나 아니면 본인의 삶에 대해 방치하고 있는 것이다.

'돌대가리가 따로 없군.'

대놓고 정면 돌파할 만한 성격도 아닌 것 같았다.

되레 그런 상황이 되면 피해 버릴 사람이다.

오성그룹의 후계자로서는 내가 봐도 뭔가 부족한 사람.

유병철 회장이 굳이 입을 다물고 있는 것도 이해가 되었다.

"재명 씨……."

양유리는 유재명의 뒤를 곧장 따라 대문 밖까지 배웅을 했다.

뒤도 돌아보지 않고 대문을 벗어난 유재명은 그제야 양유리를 돌아보았다.

"왜 그랬냐고 묻는 거야? 아버지 앞인데?"

"……."

그랬다.

양유리는 자신의 입장보다 먼저 아버지 유병철 회장의 입장을 먼저 생각했다.

그뿐만 아니라 가족 모두의 입장을 봐주느라 정작 자신은 어떤 대우를 받아도 상관하지 않았다.

유재명은 그런 양유리가 고마웠지만 때론 답답했다.

그런 양유리의 성격이 지금 자신의 처지를 초래한 것이라고 탓하고 싶을 정도로.

"재명 씨……."

"그만하는 게 좋겠어."

여전히 유재명을 바라보는 양유리의 눈빛은 안타까움에 젖어 있다.

유재명의 이름을 부르는 양유리의 목소리는 처음부터 떨

리고 있었다.

160 정도 되는 아담한 키.

성큼성큼 앞서 걷는 유재명의 걸음을 따라 나오면서 그의 뒷모습에 가슴이 먹먹해졌던 여인이다.

양유리는 유재명이 왜 그토록 적개심에 싸여 있는지 누구보다 잘 알고 있다.

"어린놈이 싸가지 없잖아. 언제 봤다고… 양 실장이야!"

유재명이 아주 작은 것들에 예민하게 반응할 때는 다 이유가 있었다.

지금도 별일 아닌 것에 누가 봐도 이해하기 힘들 만큼 예민하게 행동하고 있다.

다른 사람은 이미 눈치챘을 유재명의 심리 상태를 정작 자신만 알지 못했다.

여전히 분을 삭이지 못하고 있는 유재명.

괜한 분노를 강민을 향해 푸는 것이다.

유재명은 단 한 번도 화목한 가정이라고 느껴보지 못했던 식구들과의 자리였다.

그런데 강민 덕에 오랜만에 화기애애한 가족들의 저녁 식사 자리가 마련되었다.

장남인 자신이 누리지 못했던 부모님의 환대를 생판 남이 누리고 있는 것이다.

배알이 뒤틀리는 것 같았다.

아무리 이해하려고 애를 써도 아버지 유병철 회장을 이해하기가 힘들었다.

여태 자신을 낳고 길러 분가를 시킨 아버지가 자신에게 보였던 모습은 저렇지 않았다.

가족들 모두가 유재명을 대할 때와는 판이하게 다른 모습들을 연출했다.

가식적이고 구역질이 쏠릴 정도로 역한 자리였다.

출신도 알 수 없는 어린놈을 앉혀놓고 고고한 척하는 식구들이 꼴 보기 싫었다.

막상 한식구로 받아들이거나 살 자신은 없으면서 동정을 베풀고 인심을 쓰는 사람들.

그런 사람들이 바로 유재명이 생각하는 자신의 가족 같은 부류의 사람들이었다.

온전히 희생양으로서 인생을 담보 잡혀 살고 있다고 생각하는 유재명.

대부분 사람들은 호강에 겨워 철없는 소리를 한다고 유재명의 말을 무시했다.

가져보지 못한 사람들이 꿈꾸는 이상의 삶이 유재명에게는 현실인데 뭐가 부족해서 불평불만이 그렇게 많냐는 말이다.

그러나 온갖 것을 다 누리고 사는 대신 무엇을 희생해야 하는가는 궁금해하지 않는 사람들.

지금 식구들 틈에 앉아 있는 놈은 죽었다 깨어나도 알 수 없는 유재명의 처지.

그런 놈들은 며칠 묵게 되는 대저택의 손님방이 언젠가는 자신이 살게 될 집이라고 착각한다.

그리고 당장 한식구처럼 행동한다.

친척들에게도 쉽게 열어주지 않았던 손님방에 떡하니 머물고 있는 녀석이 재수없었다.

지금껏 봐왔던 가족들의 모습과 달라 보였던 분위기.

까칠하게 굴던 예성이마저 오늘은 놈과 내 앞에서 교태를 부렸다.

"손님이에요. 아시잖아요."

"개뿔 손님 같은 소리하지 말라고. 막내 친구일 뿐이야. 뭐가 그렇게 대단하다고……."

"예린 아가씨 친구가 아닌 듯해요. 회장님께서도 아주 높게 평가하고 있어요. 사모님도 어떤 면에서 분명 인정을 하셨어요."

"고등학교 졸업도 못한 놈이라면서… 무슨!"

이미 한국고등학교를 중퇴했다는 것은 예린이가 하도 떠들어대서 알고 있었다.

"회장님 내외분께서 그냥 사람을 들이시는 분이 아니시 잖아요. 그건 재명 씨가 더 잘 알잖아요. 뭔가 이유가 있을 거예요."

"몰라! 내가 알게 뭐야, 이유는 무슨……. 기분 더러워! 건방져 눈빛이. 감히 그따위로 나를 쳐다봐?"

강민의 첫 눈빛은 몹시 기분이 나빴다.

유재명에게 점수를 먹이는 듯한 태도의 눈빛.

그건 다 아버지 유병철 회장이 너머 호의적인 태도를 보이면서 빚어졌을 게 빤한 일.

겉으로는 강민에게 화를 내고 있었지만 유재명 속내는 정작 유병철 회장에 대한 분노가 더 컸다.

그런 사실을 모를 리 없는 양유리.

처음 저택에 들어와 일을 하게 되면서부터 꾸준히 봐온 두 사람의 관계 문제였다.

"예민해서 그래요. 풀어요. 지금 중요한 일을 보러 가시는 거잖아요."

"젠장……."

걸음의 속도는 느려지고 유재명의 말은 많아졌다.

대신 가슴 한쪽은 더 진하게 무너져 내리는 듯 찌르르거렸다.

척.

앞서 걷던 유재명이 걸음을 멈췄다.

"……??"

양유리의 걸음도 따라 멈췄다.

눈앞에 멈춘 채 버티고 선 유재명의 넓은 등이 양유리 눈앞에 바짝 다가왔다.

스윽.

소리도 없이 등을 돌리는 유재명.

와락.

멍하니 걸음을 멈춘 채 서 있던 양유리를 두 팔로 힘껏 껴안는 유재명.

"헉!"

유재명에 품에 얼굴이 파묻힌 양 실장이 숨을 토했다.

"사랑해, 내 인생의 처음도 마지막에도 여자는 너뿐이야."

유재명은 왜 이런 여인을 자신의 아내로 받아들일 수 없는지도 도저히 용납이 되지 않았다.

이혜진과의 결혼도 원치 않았지만 자신을 사랑하는 여인의 부탁이 있었기에 감행할 수 있었다.

그러나 스스로가 원치 않았던 일은 결국 그 끝이 아름답지 못하다는 것을 경험한 이상 두 번은 실수를 반복하고 싶지 않았다.

왜 강민에게는 그렇게 호의적이면서 아들인 자신에게는 냉담하기만 한지 아버지도 용서가 되지 않았다.

차라리 자신을 포기해 주길 바라는 마음이 컸다.

그래야 이 여인과 못다 한 사랑의 결실을 맺을 수 있을 것 같았다.

"사, 사람들이 봐요."

"상관없어! 이젠 더 상관하지 않겠어. 두고 봐."

당황하면서도 유재명의 가슴에 얼굴을 묻은 채 낯이 붉어진 양유리.

"기다려. 조만간 데리러 올게. 더는 미루지 않을 거야."

"······."

양유리는 기약없는 약속일지라도 유재명의 말에 담긴 의미를 충분히 알고 있었다.

얼마나 사무치게 바랐던 남자의 말이었던가.

양유리의 두 눈이 붉게 젖어들었다.

사랑하는 사람을 보내야 했던 여인의 마음을 그 누구도 알려 하지 않았다.

아니, 알게 해서는 안 되었다.

사락.

유재명은 가만히 양유리의 얼굴을 들어 눈빛을 맞추었다.

그리고 조용히 양유리의 붉은 입술에 자신의 입술을 가져다 댔다.

"음……."

양유리는 두 눈을 감았다.

그리고 짧은 신음을 토했다.

처음에는 붙잡을 생각도 하지 못했던 게 양유리의 처지였다.

사랑하는 사람의 앞길을 막고 싶지 않았다.

자신의 남자로 남기에는 가진 게 너무 많고 누려야 할 행복이 큰 사람이었다.

그런 사람의 발목을 붙들고 자신의 처지처럼 주저앉게 할 수 없었다.

여전히 그 누구에게도 들켜서는 안 되는 관계.

하지만 시간이 얼마나 흘러도 양유리의 가슴에 아직도 살아 숨 쉬는 사랑은 유재명뿐이었다.

해줄 수 있는 게 아무것도 없는 상황.

사랑하는 사람이 잠깐이어도 자신에게서 위안을 받을 수 있다면 그것으로 족했다.

"나오지 마. 간다……."

짧은 입맞춤을 하고 다시 돌아서는 유재명.

다시 뒤를 돌아보지 않았다.

어떤 순간에는 그런 유재명의 뒷모습이 야속하기도 했다.

그러나 그것마저도 양유리가 유재명에게 품은 사랑의 마음.

"힘내요……."

저만큼 멀어진 유재명의 귓가에는 스치는 바람처럼 지나갔을 양유리의 마음.

조용한 독백처럼 양유리 근처에서 맴돌다 사라진 소리가 돼버렸다.

양유리의 모든 마음이 담긴 한마디였다.

주변 그 어떤 누구의 축복도 따르지 않을 두 사람의 사랑을 가로등만이 비추고 있었다.

양유리는 이것만으로도 족했다.

그를 이렇게라도 볼 수 있다는 것만으로도 숨을 쉬며 살고 있다는 게 감사했다.

유재명은 어떨지 모르지만 양유리는 자신의 모든 것을 그에게 주어도 아깝지 않았다.

그 무엇도 바라는 게 없는 마음.

그것이 양유리가 유재명을 사랑하는 방법이었다.

제3장
이제 먹습니다

"한 상 잘 먹었네~ 호호."

가든파티는 잠깐 어색했던 분위기를 제외하고 아주 즐겁게 끝났다.

유재명 상무가 그렇게 빠진 게 마음에 살짝 걸렸지만 내가 어떻게 할 수 있는 문제가 아니었다.

가든파티 내내 십여 가지가 넘는 각종 바비큐를 골고루 맛봤다.

요리 스타일은 브라질 슈하스코였지만 주 재료들은 국내산 최고급 고기들.

그 맛은 정말 환상적이었고 최고였다.

숯 향이 제대로 배인 데다 부드러우면서 입안에서 살살 녹았다.

소 등심과 안심, 갈비 구이 등을 비롯해 돼지, 닭, 양 고기에 오리 고기까지.

그리고 칠면조에 입가심으로 소시지 등 각종 안주 거리까지 넉넉하게 준비된 음식들을 맛보았다.

모든 요리의 육즙이 그래도 살아 있어 느끼하지 않아 생각보다 꽤 많은 양을 먹게 되었다.

고기 맛이 입안을 둔하게 할 때마다 흑맥주를 한 잔씩 해 입안의 기름기를 씻어냈다.

그리고 신선한 채소들과 야채를 섞어 내놓은 샐러드도 많은 양의 고기를 먹는 데 한몫했다.

게다가 바람도 좋고 넓은 저택 정원에서의 가든파티.

분위기도 만점이었다.

유재명 상무가 막 자리를 털고 일어났을 때는 윤라희 여사와 유병철 회장의 얼굴색이 별로였다.

하지만 조금 지난 뒤 금세 화기애애한 분위기에 섞여 처음 기분을 되찾았다.

서로 한 잔씩 권하기 시작한 맥주는 나중에서 유쾌하고 자연스러운 대화로 이어졌다.

이후 시간 동안 예린이네 가족 그 누구도 유재명 상무에 대한 이야기는 꺼내지 않았다.

유병철 회장을 비롯해 가족 모두가 괜히 오성그룹의 일원이 아니었다.

"이곳에 오래 머물다가는 입맛만 황제가 되겠어."

맥주 맛은 지금 생각해도 죽였다.

언젠가 교장 선생님과 마셨던 피티 맥주는 맹물 수준이었다.

맛과 풍미에 향취와 뒤끝까지 모든 게 완벽했던 수제 발효 맥주.

생각했던 것보다 꽤 많은 양을 마셨다.

적어도 5,000cc 정도는 마신 것 같다.

예린이네 가족이 마신 맥주 양보다 나 혼자 마신 양이 더 많을 정도니 할 말 다했다.

언제 다시 이런 날을 맞을지 모른다는 생각에 나는 양껏 마셨다.

뭐든 기회가 되었을 때 그 순간을 최대한 즐겨놓는 것이 나중에 후회를 줄이는 방법이다.

먹는 것에 있어서는 더욱이 먹을 수 있을 때 먹어두자 하는 것이 나의 생활신조.

설악산에서 양 도사와 이백 근이 넘게 나가는 멧돼지를

하룻밤 새 뼈만 남길 수 있었던 것도 나의 그런 극강한 생활신조 덕분이었다.

"슈하스코도 나름 먹을 만했어."

브라질식 구이도 꽤 괜찮았던 건 사실이다.

그러나 뭐니 뭐니 해도 역시 고기 맛은 설악산에서 양 도사와 굽는 내내 침 질질 흘리며 기다렸다 먹은 멧돼지 구이가 제대로였다.

"내일은 운전면허를 접수해야겠어."

강남 면허시험장은 주말에도 필기 응시 접수가 가능했다.

"생각날 때 빨리빨리 해둬야지……. 예린이 말대로 운이 허락되어 하루에 마치면 좋겠군."

왠지 바쁠 것 같은 내일 하루.

황금 같은 시간이 흐르고 있었다.

옴팡 하루를 투자해 세상 맛 제대로 봤다.

최대한 빠른 시간 안에 갖춰야 할 나의 스펙.

그 첫 번째가 운전면허증이다.

그리고,

"오늘 마신다!"

내가 머물고 있는 방 금고에 고이 모셔 놓은 산삼주.

드디어 오늘 개봉할 생각이다.

파티 내내 술을 마시긴 했지만 이미 내공으로 모두 분해되어 나갈 것 나가고 소화될 것 소화돼 버린 상황.

마시기 전과 후는 별 차이가 없었다.

그리고 이곳은 천재지변이 일어나지 않은 한 최적의 안전한 장소다.

양 도사는 설악산이 가장 안전하다고 했지만 그건 양 도사의 생각.

"그나저나 말은 안 했지만 다들 눈치챘을 텐데……. 양 실장님 자신의 입술에 바른 루즈가 지워진 건 몰랐겠지?"

유재명 상무를 배웅하고 돌아온 양 실장님.

분명 진한 색은 아니었지만 반들반들 입술에 루즈가 눈에 띄었었다.

귀신같은 나의 눈을 피할 수는 없었다.

대충 보아 넘기는 게 없는 나의 습관이 양 도사와 함께 지내는 동안 더욱 세밀하게 계발돼 있었다.

유병철 회장이 모두에게 한 잔씩 맥주를 권할 때 분명히 봤다.

입술 모양을 따라 세심하게 그려져 있던 루즈가 거의 지워지고 없었다.

짧은 순간이었지만 누가 봐도 눈에 띌 만했다.

윤라희 여사와 예성 누님.

그리고 예린이까지 그런 양 실장의 입술이 연해진 것을 눈치챈 듯했다.

여자들의 눈은 어떤 면에서 수련한 남자들을 뛰어넘는 직관이 발달되어 있게 마련.

분위기상 조만간 저택 안에서 무슨 일이 터질 것 같긴 하다.

"히야~ 지금쯤 직원분들 신나셨겠네~ 살 만한 세상이야~"

정원이 꽤 넓은 편인 데다 외벽이 높아 자체 방음이 되었다.

가든파티 장소로는 제격이 저택의 정원.

많은 사람들이 모인다 해도 소란스럽게 느껴지지 않을 정도였다.

예린이 말로는 몇 차례 없긴 하지만 오늘처럼 가든파티가 열리는 날이면 이후의 시간들은 자연스럽게 저택에서 일을 보는 직원들 회식 자리가 된다고 했다.

가족들을 위한 요리뿐만 아니라 직원들을 위한 요리도 엄청난 양으로 준비되어 있었다.

음식 양이나 편한 자리로 봐서는 그들과 함께 어울리는 자리가 더 즐거울 것 같았다.

공개적으로 손님방에 머물고 있는 객이었지만 그 모양이

요상한 신분이었다.

"잊어버리지 말고 오늘은 꼭 연락을 해봐야겠어."

인터넷 검색을 통해 찾아놓은 로얄그룹 산하의 에이전시 회사.

꽤 그럴싸하게 홈페이지도 운영되고 있었고, 친절하게 조직도와 약도 등의 모든 것들이 제공되고 있었다.

그리고 알게 된 제시카 샘의 직책.

"그 나이에 부사장이라면 능력이 되신다는 말씀……."

부사장이었다.

대단한 실력과 능력을 겸비하고 있고 그룹 차원에서 그러한 것들을 인정받았다는 증거였다.

그런 사람들은 어딜 가도 인정받게 되어 있는 법.

제시카 샘이 그룹회장과 연결이 돼 있다면 나에게는 더욱 좋았다.

대한민국에서처럼 낙하산 인사는 어려웠을 테니 전적으로 제시카 샘의 능력일 터였다.

철저하게 주주이익의 극대화를 추구하며 운영되는 아메리카의 기업들.

능력을 인정받지 못하고서는 고위 임원에 오를 수 없었다.

"자~ 또 오늘은 얼마나 스팩타클한 일들이 있었나 볼까?"

온전히 나만을 위한 공간.

그리고 그 가운데 턱 하고 자리 잡은 텔레비전.

나도 눈이 있고 손이 있어 리모컨도 만질 수 있고 텔레비전도 볼 수 있는 사람이었지만 무시되었던 시간들.

설악산에서는 감히 리모컨을 손에 쥐어본 일이 없었다.

오직 양 도사만이 전 채널에 대한 주도권을 갖고 살았다.

식사를 준비하느라 요리를 할 때와 밥을 먹을 때 말고는 귀로 들을 수도 없었던 텔레비전.

손님방에 떡 하니 놓인 대형 텔레비전이 온전히 나의 즐거움이 돼주고 있었다.

띠릭.

손가락만 살짝 대는 가벼운 터치에도 어두웠던 화면이 밝아졌다.

오성그룹이 자랑하는 오성전자의 대형 텔레비전.

"오늘도 어제에 이어 손단비 선수 소식이 들어와 있습니다. 난코스임에도 연이틀 7언더파로 선두를 차지한 손단비 선수."

텔레비전 화면이 채 다 밝아지기도 전에 단비의 이름이 언급되고 있었다.

"아, 오늘은 놀랍게도 그녀를 응원하기 위해 엄청난 팬이 모습을 보였군요. 올해 골프계에 뉴 페이스로 떠오르고 있는 신예 슈퍼스타 이안 그레인키 선수가 손단비 선수를 응원했다고 하지요. 함께 걷는 모습이 화면에 잡혔습니다. 함께 보시죠."

"……!!"

화면 안을 가득 채운 것은 다름 아닌 단비의 모습.

그것도 스포츠 하이라이트 소식을 장식하고 있었다.

본격적으로 아메리카 골프계를 제패하고 나선 단비의 소식이다.

"이안 그레인키 선수가 손단비 선수와 마주 앉아 식사를 하는 저 모습. 손단비 선수의 활짝 웃는 미소가 참 아름답습니다. 아무래도 이안 그레인키 선수도 저런 손단비 선수의 모습에 빠져들었을 것으로 생각됩니다만. 이 방송이 나가고 나면 이안 그레인키 선수가 다른 남성분들의 시샘을 한 몸에 받을 것 같은 예감은 저만 하고 있는 걸까요."

브라운관에 나오고 있는 장면은 두 사람이 어느 식당가에서 데이트를 하고 있는 장면이었다.

스포츠 선수의 사생활을 메인 방송으로 보도하는 일은 드문 일이다.

그렇다면 그 정도로 단비의 지금 주가가 하늘로 치솟고 있다는 소리.

"저, 저 자식은 뭐야!"

화면이 클로즈업 되면서 확 당겨져 눈앞까지 다가온 남자의 낯짝.

자연스럽게 손을 뻗어 뽀얀 단비의 볼을 매만지고 있었다.

그레인키.

'그래, 이 새끼. 너…….'

나는 나도 모르게 속으로 욕설을 내뱉고 있었다.

<u>화르르르르.</u>

그리고 눈알이 튀어나올 듯 머리로 화기가 치솟는 듯했다.

사실 지난 삼 년 동안 단 한 번도 잊어본 적이 없었던 단비다.

그런 단비 소식을 생각지 않게 예린이네 집에 머물며 접하게 됐지만 달라진 것은 없었다.

설악산에서 갖은 고초를 겪으면서도 내가 참아낼 수 있었던 것은 단비의 영향이 컸다.

언젠가 다시 설악산을 벗어나 찾아갈 생각에 하루하루를 견딜 수 있었다.

내가 그렇게 시간을 보냈던 것처럼 그녀 역시 나와 같은 마음으로 보낼 거라고 생각했다.

나를 그리워하며 눈물까지는 흘리지 않아도 딴 놈을 만

날 거라고는 상상하지 않았다.

그러나 나의 착각이었던 것 같다.

방송 앵커의 말대로 화면에 비춰지는 단비는 분명 그레인키라는 자의 손길에 활짝 미소를 지어 화답하고 있었다.

중계를 보면서도 믿어지지 않는 장면.

있을 수 없는 일이다.

"단비, 네가⋯⋯."

비교하자면 남편이 마누라의 바람 피는 장면을 본 듯한 심정과 비슷할 것 같았다.

물론 장가를 간 것도 아니고 단비와 연인 서약을 한 것도 아니었다.

그러나 나의 마음이 단비에게 가 있었던 것만큼은 사실이다.

그것은 정도의 차이일 뿐 바람난 마누라를 보는 남자와 같은 입장일 것이다.

나는 망연자실했다.

그토록 나 좋다고 따라다니다 설악산까지 찾아 들어왔던 예린이의 마음을 거절한 것도 단비 때문이었다.

"오~ 신이시여~"

쿵! 쿵! 쿵!

주체할 수 없을 만큼 거친 방아질을 쳐대는 심장.

아무리 생각해도 이건 있을 수 없는 일이다.

단비에게 어떤 말도 남기지 못했다.

더구나 만나기로 약속을 했지만 어떤 연락도 취할 수 없었다.

그래도 단비는 어떻게든 나의 입장을 고려해 줄 것이라고 믿었다.

다른 사람들은 몰라도 단비와 나는 눈빛으로 이미 통했다고 느꼈다.

설악산에서 몇 차례의 혹독한 겨울 긴긴 밤에도 단비의 환하게 웃어주던 얼굴을 떠올리며 눈 속을 뒹굴었다.

지금 그레인키를 바라보며 보이는 저 미소는 나에게만 보였던 모습이다.

그 누구에게도 마음을 내보이지 않았던 단비였다.

생각에 생각이 꼬리를 물수록 마음이 복잡해져 왔다.

머리에 치솟던 화기는 억울하고 분한 마음까지 새끼를 쳤다.

사건 당일 내가 겪었던 일을 알 리 없는 단비.

단비와의 데이트라도 하고 설악산으로 끌려갔다면 덜 억울했을 것이다.

또한 삼 년이란 시간을 보내는 동안 그 추억을 씹어 먹으며 버텼을 터.

그 어느 것도 충족되지 않은 상태에서의 설악산 구속 생활.

단비는 절대적 믿음이었다.

"안 돼, 안 돼!!!"

비명이 절규에 가까운 외마디로 바뀌었다.

받아들일 수 없었다.

"소식에 의하면 손단비 선수는 그레인키 선수와의 열애를 인정하지도 부정하지도 않았다고 하는데요. 정말 안타깝습니다. 그레인키 선수가 확신을 주지 못한 것일까요."

아직은 젊은 목소리의 중계 아나운서는 진심으로 안타까워하는 듯했다.

음색에서 아쉬움이 콱콱 느껴졌다.

"단비야, 조금만 기다려!"

지금 당장에라도 달려가고 싶었지만 불가능한 현실.

방송만 보고 포기하기에는 나의 시간들이 너무 억울했다.

직접 만나보고 확인한 후 마음을 정리해도 늦지 않을 것이다.

"이 오빠가 간다!!"

단비가 나의 이름을 불러줄 때 나는 비로소 남자라는 기분을 맛봤었다.

단비 역시 나와 같은 마음이었다.

다른 사람은 몰라도 그녀와 나는 한두 번 그것을 느낀 게 아니었다.

내 옆에 단비가 아닌 사람이 서 있는 것을 상상해 보지 않았다.

그녀 옆에 내가 아닌 다른 사람이 서 있는 것 역시 상상해 보지 않았다.

딴 놈과 사귀게 된다 해도 나는 변명이든 해명이든 단비에게 직접 확인하고 싶어졌다.

"그럼 다음 소식을 전해드리겠습니다."

띠릭.

더 이상 볼 것 없는 텔레비전.

처음 부드럽게 리모컨 버튼을 눌렀을 때와는 사뭇 기운이 달랐다.

거칠게 전원을 껐다.

"다, 단비야, 조금만 기다려… 조금만~!"

소리만 나지 않았지만 눈깔이 돌아가는 것은 진한 통증을 동반했다.

텔레비전을 끄고도 쉽게 진정이 되지 않았다.

마음만 더 급해졌다.

축지법도 소용없는 태평양을 가로질러 가는 일.

"몸이 멀어지면 마음도 멀어진다더니…….."

이제야 차디찬 겨울을 견디고 꽃잎을 피워내는 나무들.

견고한 나무껍질을 밀고 올라온 꽃잎처럼 부드럽게 여린 구석이 많았던 단비였다.

나에게 있어서는 그 어떤 누구보다도 순결하고 고결했던 한 소녀였다.

그녀가 나의 사정을 알 수 없었던 것처럼 나 역시 그녀에 관해 아는 게 별로 없는 상황.

뭔가 사정이 있을 것이라고 생각하고 싶었다.

그럼에도 가슴은 진정이 되지 않았다.

'아부지, 어무니… 단비 좀 잘 지켜봐 주세요…….'

나 혼자서는 어떻게 할 수 없는 미국행.

아메리카행에 박차를 가해야 할 일이 한 가지 더 생긴 셈이다.

이 순간 절실하게 제시카 샘의 도움이 필요했다.

"제시카 샘~ 보고(?) 싶습니다. 빨리요."

"단비야? 보도, 사실이야?"

"뭐?"

"이안 그레인키 말이야."

"아, 그레인키."

이제 먹습니다 83

아침 여섯 시를 갓 넘기고 있는 캘리포니아 현지 시각.

지금 한국은 밤 열 시를 넘기고 있을 것이다.

이른 아침 깨어 오늘 있을 3일째 경기를 준비하던 단비.

눈을 뜨자마자 걸려온 친구 다혜의 전화를 받고 있다.

가끔씩 전화를 해 이런저런 소식을 전하고 안부를 묻는 다혜.

"정말 남자 친구야?"

"남자 친구? 호호, 그래. 남자 친구 맞아~"

"다, 단비 너……."

직접 단비의 대답을 듣고 전화기 너머의 다혜 목소리는 금세 떨렸다.

불과 얼마 전까지만 해도 강민을 기다리고 걱정했던 순정파 친구 단비였다.

무려 삼 년이란 시간을 흔들림없이 강민에 대한 그리움으로 지켜왔었던 사실을 그 누구보다 잘 알고 있었다.

골프에만 매진할 수 있었던 힘 역시 강민에 대한 기다림에서 왔다고 해도 과언이 아니었다.

그 모습을 지켜봐 온 다혜는 놀라움을 금치 못했다.

단비의 목소리로 직접 확인하고도 믿을 수 없었다.

"그레인키는 남자 친구야, 어릴 때부터 옆에 있던. 호호호, 처음 골프를 시작할 때 같은 골프 스쿨에 다녔어~"

"어? 저, 정말?"

"물론이야. 친했던 친구였어. 내가 미국에서 활동한다는 소식을 듣고 찾아온 거야."

"그럼 사귀는 게 아니란 말이야?"

"무슨 상상을 한 거야? 남자 친구인 건 사실이지만 사귀는 건 아니야~"

"그럼 그렇지, 내 친구 단비가 그럴 사람은 아니지."

"설마 정말 그렇게 생각했던 거야?"

"아니~ 모르는 사람은 방송만 보고 딱 그렇게 생각하기 좋잖아~ 아주 리얼하니까."

"정말 기자들 못 말려. 말 만들어내는 데는 고수들이라니까. 사생활은 적당히 건드려야 하는 거 아니니? 맘에 들지 않아!"

운동 준비를 하며 호텔 방을 어슬렁거리며 분주하게 움직였다.

그러면서 고개를 절레절레 젓는 단비.

"호호. 맞아. 좀 극성이어야지."

"너 그게 궁금해서 아침부터 전화한 거야?"

"어? 어어~ 겸사겸사……."

단비의 추궁에 대충 얼버무리며 말을 피하는 은다혜.

"바빠서 데이트할 시간도 없어. 오픈 대회까지 끝내려면 스케줄이 빡빡해."

"그래~ 내가 잠깐 너를 의심했어, 호호호. 용서해 줘~
사랑해 단비야~"

잔뜩 애교 섞인 다혜의 목소리에 단비 역시 입가에 미소
가 걸렸다.

"언제 올 거야?"

"곧~ 갈 거야. 빠르면 다음 주?"

"정말?"

"그래. 그러니까 그때는 시간 비워둬. 너를 위해 캐디로
나설 수도 있으니까~"

"말만 들어도 막 힘이 솟는걸~"

시간은 흘렀지만 여전히 둘도 없는 친구로 지내고 있는
은다혜와 단비.

긴 대화를 가장 많이 하는 유일한 한 사람이었다.

경기 3일째가 되는 이 시점에서 긴장감을 다소나마 해소
시켜 주는 다혜의 목소리는 그 무엇보다 힘이 됐다.

"보고 싶어~ 너하고 연습하던 그때가 많이 그리워."

"나도~"

"영광인걸~ 천하의 손단비 양의 마음이 나와 같다니 황
송하기 그지없습니다."

"뭐야~"

"그럼 오늘도 수고해. 생방송으로 시청할게~"

"오케이~ 오늘도 멋진 모습 보여줄게."

"이안 그레인키와 데이트하는 장면도 멋졌어~ 그 남자 정말 다정한 것 같더라."

"그래 보였니? 너 미국 들어오면 소개해 줄게~"

"정말? 알았어! 반드시 약속 지켜야 해!"

아직 딱히 사귀는 사람이 없는 다혜.

단비의 말에 음색에 금세 생기가 돌았다.

은다혜도 익히 소문을 들어 이안 크레인키에 관한 정보는 알 만큼 알고 있었다.

차세대 우즈로까지 불리고 있는 선수.

"바쁜데 이만 끊을게. 단비야 친구로서 많이많이 사랑해~"

"미투~"

끼릭.

더할 나위 없는 애정과 우정을 과시하며 전화를 끊은 두 사람.

"하아."

통화음이 끊어지자 단비의 입술을 비집고 한숨이 길게 새어나왔다.

이안 그레인키는 어릴 때부터 교류해 오던 친구다.

다혜가 오해할 만도 했다.

이안과의 만남을 취재거리로 물고 나온 기자들의 손끝에서 스캔들로 가공이 돼버렸다.

단비에게는 남자는 강민 한 사람뿐이었다.

어디로 사라졌는지 전혀 소식을 들을 수 없게 된 지 벌써 삼 년째다.

하지만 포기하지 않았다.

다혜의 말대로 누가 봐도 믿을 만한 소식처럼 스캔들이 전해졌다면 썩 기분 좋은 소식은 못 되었다.

어딘가에서 강민이 중계방송을 접한다면 그도 다혜처럼 오해를 할 수도 있다는 말이 된다.

식사를 한 끼 했던 날 단비의 입가에 뭔가 묻어 그레인키가 장난스럽게 닦아주었던 장면이 방송에 내보내진 것은 알고 있었다.

그러나 크게 오해할 만한 모습이 아니어서 신경 쓰지 않았다.

방송을 타자 다정한 연인들의 그럴싸한 데이트 장면처럼 보여 살짝 당황하긴 했다.

"민아, 날 믿어……."

들어줄 사람은 없었지만 단비는 조용히 읊조렸다.

죽었는지 살았는지 알 수는 없었지만 진심을 실은 마음

의 소리는 언젠가 꼭 그 소리를 들어야 하는 사람에게 갈 거라고 믿었다.

강민이 사라진 후부터 단비가 자신에게 걸어놓은 주문이었다.

또 진실은 언제나 통한다는 만고의 진리가 있지 않은가.

"때깔 한번 죽이네."

금고에서 막 꺼낸 8구 황금동자산삼의 아리따운 자태.

보는 것만으로도 황홀했다.

파바밧.

불빛을 받아 그 빛이 영롱하게 번지는 산삼은 설악산 정기를 제대로 농축해 담은 천고의 보물이었다.

삼 년 동안 제대로 우려진 듯 그 약성의 깊이가 느껴졌고 담근 병에 가득 찬 술은 황금색을 띠고 있었다.

보통 사람들이 이 술을 먹으면 제대로 약성을 받아 죽는 순간까지 병치레 한 번 안 한다는 술로 통했다.

또한 내공이나 기공을 수련한 자들이 섭취할 시에는 엄청난 공능을 얻는다는 무가지보.

"흐흠."

삼 년이란 시간 동안 천하명당에서 자리 잡고 잘 숙성된 황금동자산삼주가 눈을 호사시켰다.

그리고 황홀의 세계로 나를 인도했다.

잠깐이지만 단비 소식에 충격을 받은 건 사실이다.

그러나 일단 만나봐야 무슨 말이든 정확하게 들을 수 있는 상황.

까놓고 단비가 나와 사귀기로 한 것도 아니었다.

이런 상황에서 나의 여자 친구가 나를 배신했다고 하는 것은 말이 안 되는 것.

지금은 그 어떤 권리도 주장할 수 없는 것이 나의 입장이니만큼 그녀를 믿어보는 수밖에 없었다.

언젠가 장씨 아저씨는 수십 년을 함께한 부부도 마음이 통하지 않으면 남보다 못한 사이라고 했다.

그런 면에서 단비와 나는 한순간에 모든 걸 나누었다고 할 수 있는 사이.

이미 자신의 수족과 같았던 골프채를 넘기던 순간부터 우리는 그런 사이였는지도 모른다.

그녀와 난 통하였다.

그렇게 생각하자 마음이 한결 가벼워졌다.

"술에 깃든 한민족의 정기여~ 잘 흡수되어 부디 찌꺼기는 황금똥으로 승화하소서!"

병만 빼놓고 모조리 씹어 먹고 들이켜 마실 것이다.

예로부터 약은 혼자 독식하는 것이라 했다.

나누면 약효가 나뉘어져 효과가 떨어진다는 말이다.

그 점에서 산삼주는 오로지 나만을 위한 술이 아닐 수 없다.

"후우."

가볍게 호흡을 가다듬고 나는 바닥에 내려앉아 바른 자세로 좌정했다.

버려지는 기운 없이 잔류된 기운까지 흡입하기 위해서는 가장 안정적인 운기행공이 필수다.

자칫 누군가 건드리기라도 하면 주화입마에 빠질 수도 있다.

그래서 여러모로 이곳 오성그룹 저택만큼 안전한 곳이 없다고 말하는 것이다.

나는 다시 한 번 문을 살폈다.

잘 잠겨 있다.

아침이 밝기 전까지는 그 누구도 나를 찾아올 리 없다.

호흡을 다지면 경건하게 마음을 가라앉혔다.

명약을 복용할 때는 일체의 잡념을 일으켜서도 안 되었다.

무상, 무아, 무념의 상태를 유지하는 것.

그리하여 천지자연의 기운을 받아 약성을 온전히 흡수해야만 하는 꽤나 심혈을 기울여야 하는 의식이다.

나는 모든 걸 비우는 심정으로 고요함을 마음에 불러들였다.

정해진 바 없는 미래에 대한 두려움과 불안감.

그리고 현재 저택에서의 편안한 생활에서 오는 안주하고 싶은 마음.

과거 지난 시간 동안 내 삶의 전반에 걸쳐 나를 지배하던 고통과 시련 등을 고요한 공기 속으로 끌어내 소멸시켰다.

양 도사 말로는 선천태극오행기공의 마지막 단계를 수련하게 되면 자유자재한 우화등선뿐만 아니라 많은 것을 경험할 수 있게 된다고 했다.

그중 또 한 가지가 온 우주로 모든 것을 환원할 수 있다는 것이다.

옥황상제도 닿지 못한 적정한 고요의 경지에 이를 수 있다는 선천태극오행기공의 궁극적 경지.

그곳까지 닿는 것은 필요없었다.

나의 일신을 건강하게 보호하고 유지하며 감독할 수 있을 정도의 경지로 족했다.

봄날을 만난 빛나는 청춘을 버리고 내가 왜 우화등선을 꿈꾸겠는가.

그래봐야 멸하는 순간까지 옥황상제와 마주 앉아 긴긴 세월 바둑이나 두며 세월을 보낼 게 뻔한 적정고요의 경지.

상상만으로도 멀미가 밀려왔다.

인간으로 태어난 이상 충분히 인간답게 살다가 멋지게 가는 것이 나의 지상명제다.

현재 강민이라는 사람을 살고 있으니 내가 처한 환경에 최선을 다해 임할 뿐이다.

"어머니 나를 낳으시고 떠났으나 설악산 정기 나를 길러 주시고 황금동자삼 한 몸 바쳐 나의 육신을 튼튼하게 해주려 하니 이 모든 것이 천지신명께서 보호하심이 아닐진가!"

인정하고 싶지 않으나 이 순간 나의 하는 꼴을 보니 양도사 옆에서 너무 많은 세월을 보낸 것 같다.

나는 합장을 하고 산삼주 술병 앞에 고개를 숙였다.

눈에 보이지는 않지만 술병에서 뿜어져 나오는 기운들이 장난이 아닌 순간.

그 기운들이 나의 몸에 흡수되는 것을 자연스럽게 하려면 감사한 마음을 흠뻑(?) 표현해야 한다.

예를 들면 제사격문 같은 의례를 필요로 하는 것이다.

괜히 물도 마시다 체한다고 하는데 매사 조심해서 나쁠 것은 없었다.

막말로 오랜 시간 나보다, 혹은 웬만한 사람보다 더 깊은 산중에 뿌리를 내리고 살았던 생한 것들에 대한 존중이라고 해도 좋다.

양 도사는 약초를 채취해 돌아오면 늘 경건한 자세로 받아 들고 신주단지 모시듯 했었다.

그러면서 예의는 사람에게만 보이는 것이 아니라고 했다.

나무도 한자리에서 십 년을 살아 버티면 신묘한 기운이 깃든다고 도끼질도 아무 생각 없이 하지 말라 했을 정도이니 아주 틀린 말은 아닐 것이다.

하물며 산삼이야 말해 무엇하겠는가.

비록 양심이 좀 거시기한 양 도사 손에 들어가면서 독한 알코올에 몸을 담갔지만 막대하지는 않았음을 나는 잘 알고 있다.

그러니 양 도사만 못하게 산삼주를 대해서는 안 되는 것이다.

나는 나와 인연이 되는 것은 그것이 무엇이 되었든 친절함과 감사함으로 마음을 표현할 줄 아는 쿨한 남자.

고로 나는 그런 사람이다.

'이제 시작이다!'

설악산에 그간 먹었던 그 어떤 영양보다 더 값진 황금동자산삼주.

발효시킨 자리 또한 오색혈토가 왕한 곳으로 산삼주는 내 기대 이상으로 그 무엇을 보여줄 것이다.

스윽.

나는 조심스럽게 단단하게 밀봉된 담금주 뚜껑을 열었
다.

한지를 몇 겹으로 접어 아주 꽉 묶은 후 그 위에 금속 뚜
껑을 사용해서 닫아놓았다.

스르르륵.

웬만해서는 뚜껑을 여는 동안 화가 치밀어 깨고 싶을 만
큼 단단하게 포장을 해놓았지만 한 번 매듭이 풀린 뚜껑은
여인네 옷고름 풀리듯 스윽 풀렸다.

"……!!!"

'어, 엄청난 주향이다!'

삼 년 동안이나 밀봉시켜 두었던 뚜껑을 개봉한 순간 방
안 가득 진한 주향이 퍼졌다.

말로 표현하기 어려운 쌉싸름한 삼 냄새와 독한 알코올
향.

그리고 설악산에 비가 내리면 축축하게 땅이 젖으며 올
라오던 대자연의 숨 냄새.

그 갖가지 향이 섞여 달콤한 냄새를 만들어냈다.

공기 중에 섞여드는 향기를 맡는 것만으로도 모든 스트
레스가 날아가는 듯 힐링이 됐다.

'약성 끝내주는군.'

나도 이토록 귀한 술은 처음 입에 대보는 것이다.

산삼주의 향이 이렇게 진할 줄은 생각 못했고 말하면 입만 아팠다.

스으윽.

손끝에 긴장감이 돌았다.

나는 조심스럽게 병을 들어 올렸다.

양이 꽤 많았지만 한꺼번에 털어 넣어야 했다.

열어둔 채 시간을 지체하면 자연의 기운들이 다시 허공으로 흩어져 환원돼 버린다.

한껏 농축돼 있는 상태에서 빨대 꽂는 동시에 쪽쪽 빨아 마셔야 내 것이 된다.

'잘 부탁합니다. 이왕 주실 거 아낌없이 헌사하십시오. 잘 먹고 잘살고 좋은 일 많이 하겠습니다.'

술 병 안에 떡 실신돼 있는 황금동자산삼에게 나는 예의를 갖춰 마음을 전했다.

내가 먹고사는 일도 중요하지만 자연에서 얻은 귀한 것을 취할 때는 타인을 위한 마음 한 자락을 비워놓는 것이 절대 필요하다.

나의 이런 꼴을 누가 본다면 미친놈이라고 손가락질을 할지 모르지만 분명한 것은 내가 경험한 바가 있기 때문이다.

설악산 수행 중 깨달은 것.

대자연에서 얻는 것은 사람의 눈이 아니어도 하늘과 땅이 시퍼렇게 눈 뜨고 모두 지켜본다는 것이다.

천지자연의 모든 것을 공평하게 주관하는 대자연의 우주.

그 모든 구성요소의 어머니라 할 수 있는 것이 바로 대자연의 기운이다.

없다고 부정하고 싶겠지만 절대 그렇지 않다.

그것은 혼자 독식하고자 하는 인간의 탐욕이 불러오는 짧은 식견.

그 짧은 식견이 나중에는 큰 사단을 불러오는 바 나는 그것을 미리 방지하고자 하는 것이다.

턱.

나는 술병 주둥이를 입에 댔다.

약 이 리터 정도 되는 양의 산삼주.

원샷 원킬의 승부수.

'스승님, 잘 먹겠습니다. 움하하하.'

그 뿌리는 내가 채취한 것이지만 이렇게 술의 모습을 갖춰놓은 것은 스승 양 도사의 손길.

객관적으로는 훔쳐온 것이라 할 수 있고 주관적으로는 다시 내 것을 내가 가져온 것이라 할 수 있었다.

과정이야 어찌 되었든 간에 마신 놈이 임자.

　결과적으로 내가 산삼주의 임자인 셈이다.

　이 순간 나의 목을 쥐지 않는 한 산삼주 섭취를 막을 자
는 없었다.

제4장
오 마이 갓!

"꺼억~"

"근무 중에 너무한 거 아냐?"

"흐흐, 간만에 고기로 포식했더니 배가 난리가 났어."

"무슨 오랜만이야? 아침에도 삼겹살 먹었잖아."

"점심에는 비빔밥을 먹었으니 오랜만이지."

"돼지……."

"어허~ 다 먹고살자고 하는 일인데 돼지라니. 그러는 넌 안 먹었냐? 아까 보니까 몇 근은 혼자 다 먹는 것 같던데."

"큼큼. 요즘 다이어트 하느라 적당히 먹었어."

"그래~ 적당이 많이도 드시더군."

오성그룹 저택 정문을 맡고 있는 정문 경비실에 불이 환하게 켜져 있다.

시간은 새벽 두 시를 넘어가고 있다.

이 시간 정도 되면 인적은 없고 공기마저 쥐죽은 듯 조용해진다.

밤샘 경비를 맡은 경호원 두 명이 초저녁에 있었던 가든 파티 후담을 나누고 있다.

대저택 경비는 16인이 4교대로 움직이고 있었다.

숙식이 가능한 데다 급여도 높아 한 번 지원해 입사하게 되면 이만큼 좋은 직장이 없었다.

아직 미혼인 경호원들도 숙식이 가능하도록 마련된 경비실에서 거주했다.

소속은 오성그룹 경호과.

입사한 후 저택에 파견 근무 형식으로 돌아가며 배치되었다.

대신 입사 절차가 까다로웠다.

오성그룹 소속 경호원이 되기 위해서는 집안에 아무리 가벼운 범죄 전과자가 한 명도 없어야 한다.

또한 집안의 경제력이 어느 정도 받쳐주는 사람에 한에서 제안을 두고 채용했다.

회장댁 경호를 위해 파견될 때에는 더욱 까다로운 절차를 거쳐야 저택 경호를 설 수 있었다.

철저하게 신원이 확인된 이후 특전사나 특수부대 출신 우선으로 실력자를 선발하는 것이다.

오성그룹 경호원이 되고 난 뒤면 모두가 한 번은 저택 경호를 맡기를 희망했다.

원룸 못지않은 잠자리가 제공되었다.

또한 특수 수당이라고 해서 적지 않은 인센티브가 주어졌다.

그리고 파견 근무 일만 잘 맡으면 오늘처럼 회장댁 요리사들이 제공하는 최고급 요리를 맛볼 수도 있었다.

가끔 윤라희 여사님의 외출에 동행하는 경우도 있었지만 대부분 정문 경비를 서거나 저택 안 순찰을 도는 정도로 하루 일과가 끝났다.

4인 근무 4인 대기, 8인 휴식의 4교대로 움직였기에 개인적으로 주어지는 시간도 경호원치고 제법 널널했다.

명절이나 휴가 때는 특별히 보너스까지 두둑하게 챙겨 지급되는 자리가 회장님 댁 경호 자리다.

오늘만 하더라도 거의 특별한 파티 수준의 저녁을 즐겼다.

근무를 서는 이들에게는 술까지 제공되지는 않았지만 숙

소에 있던 직원들은 값나가는 술과 요리들로 배를 채웠다.

대한민국에서 가장 맛 좋은 수제 맥주를 만드는 로젠부르크의 맥주들.

그곳에서 공수해 온 여러 가지 맥주를 맛본 날이다.

거기에 최고급 고기로 구워낸 바비큐들.

자주 있는 일은 아니지만 이런 날이면 경호원들은 행복한 비명을 질렀다.

아주 중요한 손님 접대나 혹은 가족들 모임이 있을 때 여는 가든파티.

잘해 봐야 일 년에 몇 차례 없는 행사다.

품질이 같은 재료를 넉넉하게 준비하는 것도 회장님 댁의 배려다.

가든파티에서 경호원을 비롯해 요리사와 도우미들, 운전기사, 정원사들까지 충분히 맛볼 수 있도록 하는 것이다.

"야! 조금 으스스하지 않냐?"

"그러게, 예전에 부대 뒤 공동묘지 쪽을 보초를 설 때 느꼈던 그런 느낌이 드네."

"그렇지? 뭐가 있는 거 같지?"

특전사 동기이면서 오승그룹 경호과 입사 동기인 두 사람.

수십 대의 CCTV가 돌아가고 있는 경비실에서 이상한 기운이 감지됐다.

천하에 두려울 것 없이 훈련을 받고 입사한 이들이었지만 귀신만큼은 예외였다.

근무 중에 부대 선배들에게 들었던 처녀 귀신 얘기들은 간담을 서늘하게 했었다.

거의 전설의 고향 버금가는 공포를 만들어 냈던 그 시절.

2인 1조로 짝을 이뤄 근무를 섰지만 비가 오거나 하는 으스스한 저녁 공동묘지 근무는 웬만큼 간이 큰 남자도 쫄게 만들었다.

그런데 지금 딱 그런 기분에 휩싸이고 있다.

특수훈련을 거친 두 사람은 남보다 예민한 감각이 발달해 있었다.

그것도 저택 중앙 회장님 댁 가족들이 기거하고 있는 안채에서 느껴지고 있는 요상한 기운.

"화면에는 별거 없지?"

"없어!"

"경보기도 그대로고……."

외부 쪽에서 살펴봤을 때는 별다른 것은 없었다.

하지만 안채 내부는 촬영 불가.

두 사람은 다시 한 번 외부를 둘러 담에 설치된 CCTV 중심으로 화면을 확인했다.

"팀장님 별문제 없으시죠?"

"없다. 왜, 이상해?"

짧게는 이십 분 간격으로 한 번씩 저택 주변을 순찰하는 팀장과 경호 직원.

"아뇨, 기분이 좀 그래서……."

"무슨 기분?"

"안채 쪽 분위기가 평소와 좀 다르게 느껴져서 말입니다."

"자네 제대 언제 했나?"

"네?"

"제대하고 바로 입사했지?"

"네, 저희 둘 다 육 개월 전에 제대했습니다."

"제대병이야."

"그게 무슨……."

귀에 꽂힌 이어폰으로 연결된 특수 무전기를 타고 넘어오는 두 사람의 대화.

"제대할 때 정문에다가 작대기 안 세우고 나왔지."

"…네."

"쯧쯧. 요즘 애들은 확실히 무서운 게 없는 모양이야. 잘 들어! 막사에서 자살한 놈, 남자 많은 부대 주변에 몰려온 처녀 귀신들. 다 만만한 놈 골라서 따라 나온다고. 그것 때문에 제대하면서 정문에 오줌작대기를 세우는 거야! 한마디로 액막이 같은 거지."

"헉! 그럼 제가 지금……."

"뭐, 일이 그렇게 됐으니 일 년 정도 잘 버텨봐. 가만히 놔두면 떨어져 나간다는 말도 있으니까."

"으으."

"못하겠으면 지금 당장이라도 부대 가서 정문에 작대기 세우고 오든지. 흐흐."

대부분 특전사 출신이다 보니 먼 공수 선후배 사이인 경호원들.

"티, 팀장님, 장난하시는 거죠?"

"장난? 내가 자네 데리고 무슨 장난을 쳐. 정 못 믿겠으면 영험한 무당한테 가서 물어봐. 저기 삼거리에서 좌회전하면 3층 상가에 새로 개업한 집이 용하다고 하더라."

"팀장님!!!"

장난을 하고 있다는 것쯤은 머리로도 잘 알고 있다.

하지만 들으면 들을수록 한기가 느껴지는 이야기.

"하하하, 졸지 말고 모니터 잘봐! 짜식, 요즘 세상에 귀신이 어딨어? 그리고 니들 특전사야. 해병대 애들 귀신도 때려잡는데 니들은 못 잡아?"

해병대와 심리적으로 묘한 라이벌 관계에 놓여 있는 특

전사 대원들.

"아, 아닙니다! 잡을 수 있습니다!"

"그래, 배터지게 먹었으면 근무도 빵빵하게 서는 거야. 외부에는 아무 이상 없으니까 중앙 쪽은 신경 꺼."

"충!"

"충은 무슨 얼어 죽을 충이야! 여기가 군대냐!"

"시정하겠습니다!"

"에휴, 이래서 갓 제대한 애들은 피곤하다니까."

팀장의 장난질에 바짝 긴장한 경호원.

옆에서 듣고 있던 동료 경호원도 입을 다물었다.

웬만큼 간이 크지 않고서는 오성그룹 저택에 침입할 수 없다.

스위치 하나 누르면 인근 경찰서에서 곧장 출동하게 돼 있는 곳이 이곳이다.

"기분 탓인가?"

경호원은 밤하늘을 올려다보았다.

"오늘은 달도 아주 크게 떴네."

"그러게 말이야, 이곳이 강원도 산골 부대도 아니고……. 우리가 좀 예민했나."

두 사람은 하늘에 휘영청 뜬 보름달을 바라보며 기분 탓이라고 결론을 내렸다.

근처 몇 킬로미터 내에는 묘지도 없다.

밤 짐승 돌아다니는 소리도 없다.

가로등이 훤히 밝혀진 강남 한복판의 대저택.

경호 팀장 말대로 요즘 세상에 귀신이 어디 있겠는가.

이 모든 게 새벽하늘에 뜬 보름달 때문이다.

우웅 우웅 우웅.

규칙적으로 진동이 일었다.

'어, 엄청나다!'

다 빨아 마시고 씹어 먹었다.

한 방울도 날릴 수 없었다.

황금동자산삼의 피와 같은 농축 진액.

독한 술 속에 고이 모셔져 있었던 만큼 경건한 마음으로
흡수했다.

이어진 선천태극오행기공의 운기.

온 마음과 몸을 열어 천지간의 기운을 받아 황금동자산
삼의 기운과 섞어갔다.

실로 엄청난 기운.

족히 수백 년은 됐을 전설상의 8구 산삼.

제대로다.

그것도 보통 저장소가 아닌 오색혈토에서 숙성된 산삼주

가 아닌가.

'도대체 얼마의 내공이 증진된 거야?'

본래 내공이란 마력처럼 개별적으로 측정할 수 있는 단위가 없었다.

양 도사가 자신의 내력 수준을 계량화하지 못했기에 나도 더 이상은 알지 못했다.

다만 내 경지에 알맞게 힘이 맥시멈으로 찼다는 것.

'거의 없어. 엄청나게 효과가 좋다.'

세포 깊숙이 남아 있던 노폐물이 모조리 배출되었다.

환골탈태까지는 아니어도 그에 준한 효과를 보였다.

무협 영화의 무인처럼 자유자재로 휙휙 날 수는 없어도 적당히 흉내 정도는 낼 수 있는 경지.

양 도사처럼 하늘을 마음껏 걸어 다닐 실력까지는 못되지만 만족했다.

시간만 나면 백수자나 산삼주를 보약 챙겨먹든 쪽쪽 마셔대던 양반과 어떻게 비교 가능하겠는가.

하지만 설악산에서 하산할 때와는 사뭇 달랐다.

스윽.

입고 있던 옷에 배인 누런 빛깔의 진액.

몹시 불쾌한 냄새가 났다.

그간의 수련을 통해서도 배출시킬 수 없었던 근원적 탁

기를 제거한 것이다.

태어날 때 갖고 나온 원기를 다시 찾은 듯 순수지체의 상태.

백회혈은 활짝 열렸고 온몸의 기경팔맥과 세맥들도 맑은 우주 기운으로 다시 채워져 그 어느 때보다 순수했다.

'이제부터는 배로 효과를 볼 수 있겠어.'

수련을 할 때 두 배 이상의 효과를 볼 수 있을 것이다.

이래서 영약을 복용하는 것 같았다.

양 도사 말에 스승에게 아무리 기초를 제대로 배워 익혀도 영약의 도움 없이는 일정 경지를 돌파할 수 없다고 했다.

물론 그 말을 언급할 때마다 스승 잘 만난 줄 알라며 자기 자랑을 빠뜨리지 않았음은 물론이다.

위이이이잉.

'이런 게 바로 천지간의 기운과 조화를 이룬다는 것일까.'

할 수만 있다면 나의 지금 현 상태를 찍어 놓고 싶었다.

바닥에 붙어 있던 몸이 가볍게 떠올랐다.

높이는 약 일 미터 정도.

그 이상일 수도 있고 그 이하일 수도 있으나 느껴지는 높이는 그 정도였다.

영약의 기운인 듯했다.

백회부터 용천혈을 거쳐 모든 몸의 세맥을 통과한 자연의 기가 전신을 새털처럼 가볍게 해주고 있었다.

이 현상은 고작 해야 양 도사의 발끝도 따라가지 못할 경지일 것이다.

그러나 감개가 무량했다.

'완벽하지 않다. 내공하고는 달라.'

분명 내공에 비해 자연과의 기 소통에 있어 숙련도가 떨어졌다.

허공에 떠오르긴 했지만 뭔가 완전한 상태가 아니었다.

선천태극오행기공 상의 구결은 이미 모두 이해한 나였다.

그리고 운기도 막힘이 없었다.

그러나 문제는 내 깊은 의식까지 도달하지 못한 깨우침.

그간 꾸준히 몸은 정화를 시켜왔지만 진정한 대자연과의 합일은 쉬운 일이 아니었다.

양 도사의 말을 빌리면 대자연의 기와 합일을 맛보는 때가 어느 순간 불쑥 찾아온다고 했다.

그때를 놓치지 않고 삼매에 들기 위해 늘 깨어 있어야 한다는 것.

그렇게 되었을 때 경지는 가늠하지 못할 만큼 수승해 진다고 했다.

이렇게 한 번 경험해 본 것만으로도 그 말이 무슨 뜻인지 알 수 있었다.

하지만 불시에 찾아오는 그때라는 것을 만난다는 것은 서울에서 김 서방을 찾는 것과 진배없어 보인다.

그때가 언제 찾아올지 모르는 깊은 깨달음.

황금동자산삼주가 주는 이로움은 이쯤에서 마무리를 해야겠다는 생각이 들었다.

오지 않는 깨달음을 기다리며 영감을 붙들고 더 버틴다는 것은 시간 낭비.

저마다 다르게 찾아온다는 그 불현듯한 기회를 아쉬움으로 남기고 호흡을 갈무리했다.

스스스스.

'신비롭군.'

무술을 연마하는 이들에게는 내공.

도술을 닦는 이들에게는 도력이라 불리는 같으나 다른 이름.

대자연의 기운이 선천태극오행기공의 운기법에 따라 혈도를 한 바퀴 휘돌더니 단전과 세맥으로 흩어져 담겼다.

기운이 감은 눈앞을 지나갈 때 비치는 빛깔은 참으로 오묘했다.

마치 삼차원의 세계를 표방한 듯한 화려한 색의 세계를 마주하고 있는 듯한 착각이 들었다.

수시로 파장에 따라 빛은 모습을 달리했다.

분명 눈은 감겨 있었지만 눈앞은 환한 빛의 세계를 분명히 마주하고 있었다.

눈에 보이지 않는 세계.

대자연의 세계였다.

느슨하게 처진 듯했지만 기분만큼은 그 어느 때보다 상쾌했다.

직접 경험하지 못했다면 절대 이해할 수 없었을 것이다.

"후우우……."

길게 호흡을 들이켰다 천천히 뱉었다.

스르륵.

감고 있던 눈을 서서히 떴다.

스으윽.

시야에 사물이 들어왔다.

전신에 번져 가던 기운이 서서히 근육을 버티는 힘으로 돌아왔다.

의식은 명료해지고 몸은 선천태극오행기공을 하기 전보다 개운해졌다.

그러나 문제는,

쿵!

정확하게 자연과의 조화가 무너지며 몸이 아래로 떨어졌다.

"켁!"

그것도 50센티 정도를 남겨두고 서서히 하강하던 몸이 순간적으로 떨어졌다.

그 바람에 엉덩이를 바닥에 제대로 찍었다.

"이거 무서워서 수련하겠어."

완전 무방비 상태에서 당한 내공의 배신.

엉덩이를 쓱쓱 문지르며 아픔을 달랬다.

이래서 옆에는 혹시 모를 상황을 대비해 필히 스승이 동석해 있어야 하는 법.

상황이 여의치 않았던 것은 어쩔 수 없는 나의 현실.

"흐흐흐, 그래도 기분 짱이군."

그래도 배운 게 도둑질이라고 설악산 산중 수련을 거치면서 닦아놓은 기초가 쓸 만했다.

양 도사에게 갖은 구박을 당하면서도 기초를 튼튼히 다져 놓은 공덕으로 이런 거사(?)도 치를 수 있었다.

일정 경지에 도달하지 못한 자가 스승의 도움 없이 영약을 섭취하고 섣불리 운기행공을 시도했다가는 주화입마에 빠질 수 있는 위험 요소가 존재했다.

나는 몸을 추스르고 입고 있던 옷을 벗었다.

옷에 배어 있는 나의 지난 세월의 흔적들.

이 순간 이후 난 다시 태어난 것이다.

"양 실장님, 센스 있으시다니까."

내가 장기 투숙할 것을 알고 여벌의 트레이닝복을 옷장에 가지런히 걸어둔 양 실장의 배려.

색깔도 여러 가지다.

거기에 면티와 양말에서 속옷까지.

눈썰미가 뛰어난 듯 사이즈가 딱 편하게 맞았다.

철컥.

나는 흰색 바탕에 푸른 줄무늬의 몸에 딱 달라붙는 트레이닝복을 꺼냈다.

"몇 봉우리 훌쩍 돌고 오면 딱 좋겠는데……."

설악산에서 이런 경험을 했다면 이 시간을 이렇게 고민하지도 않았을 것이다.

뼈다귀 하나 입에 물고 온 산천을 헤매는 개인 양 뛰어다녔을 텐데.

어둠에 잠긴 깊은 산길을 미친 듯 뛰는 즐거움.

설악산에서의 그 자유는 오직 나만이 느꼈던 행복 중 하나였다.

"요즘은 쓸 만한 재목이 너무 없어……."

금요일 아침.

여느 날과 마찬가지로 사무실 안은 분주하다.

시원하게 탁 트인 큼지막한 창문 밖으로 LA의 높은 빌딩 숲이 한눈에 들어왔다.

블랙의 메탈 느낌이 강한 책상과 의자는 현대적 감각을 극대화한 디자인이다.

넓은 사무실 벽을 모던하게 장식하고 있는 몇 점의 그림들.

역시 현대미술 분야에서 거장들로 분류돼 평가받고 있는 화가들의 작품으로 모험성이 짙은 역작들이다.

"하아."

짧은 신음이 사무실 공기를 타고 울렸다.

한 달 전부터 전 세계를 돌고 있는 직원들이 보고서를 속속 보내오고 있다.

파견근무를 나간 직원들의 수만 해도 작은 사무실 하나를 꾸릴 만한 인원.

제시카는 막 도착하기 시작한 보고서를 쳐다보며 한숨을 토했다.

세월을 무색케 할 만큼 뛰어난 미모는 변함이 없다.

새하얀 피부에 주근깨나 잡티 같은 것은 보이지 않고 매끄러운 피부를 유지하고 있다.

여성들이라면 당연히 선호하는 붉은빛이 도는 황금색 머리카락.

넓은 창으로 들어오는 햇살에 더욱 투명하게 빛나는 두 눈동자.

머리카락을 시원하게 걷어 올린 앞이마.

붉고 도톰한 입술.

다리를 꼬고 앉아 있는 제시카의 모습은 삼 년 전보다 더욱 더 매력적이었다.

게다가 블랙 초미니스커트를 입은 제시카의 탄탄한 허벅지는 뇌쇄적인 광채를 뿜어냈다.

잘잘한 진주 목걸이와 귀걸이로 절제된 멋을 냈다.

블루 블라우스가 풍만한 가슴으로 한껏 부풀어 올라 살짝 열린 옷깃 사이로 가슴골이 드러나 보였다.

LA 본사에 사무실을 두고 있는 로얄 썬라이징 에이전시사의 부사장실 내.

유리로 제작된 명판에 검은 글자로 제시카 로엘의 이름이 선명하게 박혀 있다.

"슈퍼스타가 필요해, 절실하게."

경기가 불황일 때는 모든 사람이 빠져들어 열광할 수 있는 그런 인물이 필요했다.

"단번에 이목을 끌 만한 상품이어야 해."

세계가 경기 불황에 빠져들고 있는 분위기다.

아이러니하게도 이런 시기가 더욱 회사가 성장할 수 있는 기회가 많았다.

역설적으로 말해 모두가 불황을 겪게 되는 시기가 슈퍼스타를 내세우고 그 가치를 올릴 가능성이 높기 때문이다.

일단 모두가 답답함을 호소하게 되는 만큼 가슴을 뻥 뚫어줄 영향력 있는 상품은 최고 주가를 올리게 된다.

그 순간 영웅처럼 등장한 스타로 인해 잠시 현실의 괴로움에서 벗어나고 고통으로부터 도피하게 된다.

과거 시대에 전쟁 영웅이 환영을 받았다면 요즘 세상에는 스포츠 스타가 그 역할을 대신한다고 해도 과언이 아니다.

차락차락.

제시카는 근심 어린 눈빛으로 스포츠 스타 명단을 빠르게 넘겼다.

아무리 실력이 중요하지만 인종과 외모 몸매까지 염두에 두어야 할 스포츠가 있다.

그리고 아무리 몸과 마스크가 받쳐준다 해도 실력이 뒷받침 되지 않으면 뒤를 장담할 수 없는 경우도 있고 말이다.

가장 좋은 상품은 두루두루 아우를 수 있는 상품.

그야말로 누구나 인정할 수 있는 뛰어난 재목이 필요하다.

"주제도 모르고 몸값만 쳐달라고 하니……. 멍청한 놈들."

실력도 갖추지 않고 외부적인 상품성만 따져서 몸값만 높게 계산하려고 하는 상품들은 널리고 널렸다.

천상부지로 치솟는 몸값을 뽑아내기 위해서는 모험을 감행해야 한다.

그나마 그런 모험 끝에 몸값이라도 회수할 수 있을 때는 다행이다.

결국 스스로 몸값을 올리고 나중에 부담을 느껴 되레 처진 실력마저도 발휘가 되지 않는 경우가 허다하다.

"분수를 알아야지… 어쩐다……."

정보망이 하나로 뚫리고 더 이상 뒤로 작업할 수 있는 환경이 되지 않았다.

실력을 확인하기 전에 이미 온갖 정보통을 이용해 몸값을 올려놓고 시작하는 경우가 태반.

그러니 상품 자체마저도 자신의 주제를 파악할 수 있는 시간을 갖지 못한 채 돈에 상품을 맞추는 꼴이 되었다.

그런 쓰레기들로 거의 모든 에이전시사가 골병을 앓고

있는 실정.

그 틈에서도 쓸 만한 상품들을 골라 선별해 내야 하는 작업이 남아 있다.

그 선별 업무에 있어 꼭 필요한 과정이 제시카의 업무다.

예고되지 않은 불시에 내놓아도 인정받을 수 있는 상품.

그 상품을 선별해 스타로 탈바꿈시키고 그 상품에 관한 한 모든 업무 스케줄을 짜는 것이다.

예로 재정부터 법률.

작게는 의상, 주거, 의료 등.

모든 부분에 있어 캐어 가능하도록 하는 것이다.

상품 관리에 있어 전반적으로 모든 것을 받쳐주는 업체는 드물었다.

그 방면에 있어 로얄그룹 산하 에이전시 사업부는 따라올 업체가 없었다.

스타 등용문으로도 인기가 좋았지만 다른 업체를 끼고 시장에 뛰어든 상품들도 너 나 할 것 없이 소속되고 싶어 했다.

더구나 한 번 적을 두게 되면 대기업인만큼 기업 이미지에 타격을 주지 않기 위해 스스로가 최선을 다해 일했다.

"아시아 쪽 투수들이 쓸 만한데… 여성 골퍼는 매력적인 상품이 드물고… 단비 정도만 되어도……."

외모만 받쳐 주어도 몇 배의 효과를 볼 수 있는 여성 상
품들.

한때 제시카가 직접 눈으로 확인한 바 있는 손단비.

잠정적 가치까지 따졌을 때 손단비는 엄청난 가치를 갖
고 있었다.

지금 LPGA에서 우승컵을 휩쓸고 승리를 재패하고 있는
한국 여성 골퍼들과는 좀 더 높은 가치를 소유하고 있다.

그야말로 진정한 상품성은 손단비 같은 골퍼를 두고 할
수 있는 말.

아메리카에서 학교를 다녔고 영주권자였다.

충분히 시민권을 취득할 수 있는 조건이지만 스스로 거
부하고 있는 손단비.

제시카 입장에서는 생각할수록 아쉬움이 더한 선수 중
한 명이다.

한국 고등학교 재직 시절의 친분을 내세워 손단비를 끌
어들일 수도 있었지만 그렇게 하지 않았다.

손단비 측도 만만치 않은 배경을 갖고 있었다.

아메리카 내 저명한 학자로 이름을 떨치고 있는 손단비
의 부친.

그는 인정받는 학자이면서 또 대기업을 운영하는 기업인
이다.

쎈테크놀러지라는 미래 에너지와 IT의 선두업체.

기업 자체에서 에이전시 회사를 운영하고 있어 그 누구도 손단비에 있어서는 끼어들 수 없었다.

아무리 시간이 흘렀어도 손단비에 관해서는 여전히 아쉬웠다.

아시아권 선수들의 실력이 아무리 뛰어나게 발전했다 하더라도 아직 골프계에서는 눈에 띄는 차별이 존재했다.

더구나 아메리카와 아무것도 연이 닿아 있지 않을 경우 갤러리들의 반응도 시원찮다.

그 모든 것을 두루 살펴봤을 때 손단비만큼 매력적인 선수는 아직까지 없었다.

"하아, 정말 아무도 없는 거야?"

분명 이 정도 시점이면 한두 명 정도는 눈에 띄는 상품이 있어 왔다.

그런데 전혀 눈에 띄지 않는다.

기존에 발굴해 놓은 스타들만 관리해도 수입은 꾸준히 들어온다.

로얄그룹 산하 회사인 것만으로도 반쯤 먹고 들어가는 부분이 있다.

또한 선수들의 이익을 최우선으로 하고 있는 만큼 재계약도 순탄하게 이루어졌다.

그룹의 인지도 높다보니 선수들을 스폰하겠다고 하는 재력가들도 줄을 섰다.

하지만 기존의 선수들로 안주할 수는 없었다.

기업을 굴러가는 데는 늘 새로운 피가 공급되어야 한다.

그래야 더 나은 성장을 이끌어 낼 수 있다.

미리미리 준비해 두지 못하면 한순간 기업은 위기에 봉착하게 된다.

그것이 바로 스포츠 선수들을 상품으로 해 운영하는 기업들이 안고 있는 가장 큰 장애요소다.

가득이나 스포츠 스타들은 일찍 뜬 해.

그만큼 지는 시간도 빨랐다.

때문에 늘 신인들을 발굴해 다음 시즌을 준비해 두어야 한다.

띠리리리.

복잡한 생각에 한숨만 내뱉던 제시카.

그때 책상 위에 놓은 전화벨이 부드럽게 울렸다.

"무슨 일이에요?"

제시카는 스피커폰을 켠 채 물었다.

"부사장님, 급하게 통화하고 싶다는 분이 계십니다."

비서실에 들려온 대답이다.

"예약 전화인가요?"

"아닙니다."

"그럼 관리하고 있는 스타인가요?"

"아닙니다."

제시카의 표정이 썩 좋지 않았다.

"그럼 신분 용건 확인하고 예약 잡으세요."

그렇지 않아도 신상품을 발굴해 내지 못하고 있어 답답했던 제시카.

더욱 차갑고 사무적인 목소리로 말했다.

"그게……."

'요즘 일들 왜 이렇게 하는 거야!'

"더 할 말이 남았나요?"

신경질적인 눈빛의 제시카 로엘.

미간에 인상이 잡혔다.

공식적으로 부사장으로 취임해 있었지만 비공식적으로는 대표와 다르지 않았다.

미리 선약을 잡지 않고서는 제시카와 면담도 어려웠다.

예약이 돼 있지 않은 전화는 받지 않았다.

"전화하신 분이 강민이라고 하면 아실 거라고……."

"……!!!"

불편한 기분으로 수화기를 들고 있던 제시카에게 들려온 비서실의 대답.

자신의 귀를 의심하며 그대로 굳어버린 손.

순간 무슨 말이든 해야 했지만 목소리가 나오지 않았다.

짧은 순간 수많은 영상들이 제시카의 눈앞을 지나갔다.

"오 마이 갓!"

이내 터져 나오는 굵은 신음.

"부사장님? 어떻게 할까요?"

"루시! 바, 바로 연결해요! 지금 당장!"

갑자기 돌변한 제시카.

거의 호통을 치다시피 비서실 루시를 채근했다.

눈앞이 빙빙 돌았다.

머릿속은 하얗게 변했고 아무 생각도 할 수가 없었다.

지금 당장 한 사람의 스타가 아쉬웠던 제시카.

또 지난 세월 동안 한 번도 아쉽지 않았던 순간이 없었던 강민.

그의 연락이다.

그것도 직접 제시카를 찾아 전화를 넣었다.

무려 그와 제시카 사이에 삼 년이라는 긴 시간이 빈 채 흘러가 버렸다.

제시카의 심장이 심하게 뛰기 시작했다.

자신도 모르게 눈가는 이미 촉촉하게 젖어들고 있었다.

제5장
인생 2막 1장

마스터K

"민!!! 정말 강민 맞아요?"

'제시카 샘!'

손님방에 놓인 전화를 사용해 제시카 샘과 전화를 연결
했다.

방에 머무는 손님의 사생활을 보호하는 차원에서 독립
유선으로 놓았다는 전화다.

말만 유선전화이지, 사실은 오성전자에서 개발한 최신형
스마트 폰 버금가는 무선전화기다.

제시카 샘의 목소리는 여전했다.

삼 년 만에 듣는 음성인데 어제까지 듣고 지냈던 것처럼 낯설지 않았다.

　잔뜩 놀란 그녀의 음색에서 삼 년 전 제시카 샘과의 추억이 새록새록 떠올랐다.

　완벽한 바디 라인에 늘 타이트한 옷을 즐겨 입었던 제시카.

　하버드대학교 박사 출신의 고품격 미녀였다.

　나를 존중하는 듯한 어투는 달라지지 않았다.

　괜히 마음이 흐뭇해졌다.

　"그동안 잘 지내셨습니까. 하하하."

　시간은 새벽 세 시를 넘기고 있었지만 나의 목소리에서는 피곤한 기색이 전혀 느껴지지 않았다.

　차라리 맑게 울렸다.

　오색혈토의 기운을 쫙쫙 빨아 마신 숙성된 황금동자산삼을 모조리 내 것으로 흡수한 상태.

　과장 조금 해서 한 십 년 밥 안 먹어도 배고프지 않을 것 같은 기분이 들었다.

　"민! 정말 민이 맞군요!"

　나의 목소리를 확인하고 난 후 더욱 감격하는 제시카.

　'비주얼은 여전하시겠지.'

　전화기 너머에서 들리는 목소리만으로도 눈앞에 제시카

샘이 실제 서 있는 듯 환영이 보였다.

삼 년이란 시간이 지났지만 별로 달라진 게 없을 것 같은 사람 중 한 명.

눈길을 어디다 둬야 할지 항상 난감했던 그 완벽한 모습도 그대일 것이다.

당시도 동양 여성들과는 차원을 달리하는 비너스의 몸매 그 자체였다.

지금도 나를 유혹했던 제시카의 매혹적인 자태는 지워지지 않고 생생하게 남아 있다.

아니, 길고 긴 설악산 생활 속에서도 나를 버티게 했던 버팀목 중 하나였다.

피가 펄펄 끓는 청춘에게 있어 그녀가 남긴 추억은 더할 나위 없는 풍요로움을 안겨주기도 했다.

백 년 수행 끝에서도 청춘 시절 폭풍 같았던 연애를 잊지 못하고 있던 양 도사.

나 또한 다를 바 없었다.

"거기 어디예요? 한국이에요?? 도대체 어디 있었어요?"

숨이 넘어갈 듯 멈추지 않고 쏟아내는 제시카 샘의 질문.

'내가 그렇게 반가운가?'

이 정도 반응까지는 예상하지 못했다.

예린이는 그렇다 치고 나를 이 정도 반응으로 반길 사람들은 한정돼 있었다.

단비나 장씨 아저씨 가족들 정도.

그들의 반응이 이와 같았다면 이해가 되겠지만 제시카 샘의 폭발적 반응은 예상 밖이었다.

"한국입니다."

"오! 그럼 이제부터는 연락이 가능한가요?"

감탄사를 터뜨리는 제시카 샘.

"물론입니다."

나는 전화기를 든 채 소파에 깊숙이 앉아 어둠이 내려앉은 정원을 내다봤다.

거의 모두가 깊은 잠에 빠져들었을 새벽 언저리.

정원에 서 있는 가로등 불빛 아래로 연녹색으로 물든 정원수들의 달의 정기를 한껏 흡입하고 있었다.

"당장 내일이라도 한국에 들어갈 수 있어요. 만날 수 있나요?"

'음, 일이 좀 수월해질 수도 있겠어.'

굳이 아쉬운 소리를 하지 않아도 될 것 같은 생각이 스쳤다.

내 입장에서 고개를 팍 숙이고 간곡하게 부탁을 해야 하는 입장.

그러나 알아서 찾아오는 풀 서비스를 제공하겠다고 말하

는 제시카 샘의 적극적 공세.

"저를요?"

물론 이쪽에서 예의상 한 번 튕겼다.

"그래요, 당연하죠. 그동안 어떻게 지냈는지도 궁금하
고……."

속내를 살짝 감추는 듯한 제시카의 능수능란한 태도.

그간 양 도사에게 귀가 닳도록 얻어들은 여성 편력 때문
에 제시카 샘의 태도에서 보이는 수 정도는 그냥 훤히 꿰뚫
어 볼 수 있었다.

"시간이 좀 빠듯하긴 한데……."

"……."

본의 아니게 손에 좋은 패가 들어온 셈이다.

이럴 땐 한 번쯤 더 튕겨주는 것이 서로에게 긴장감이 돌
고 득이 된다.

"좋습니다. 제가 존경하는 제시카 샘의 부탁이니 기꺼이
응해야지요."

"호호! 고마워요!"

사람 마음은 예상치 못한 곳에서 삑사리가 나게 마련.

서둘러 나의 용무를 보기 위해 낚시대를 당겼다.

'고맙기는요~! 서둘러 오세요.'

나는 하루 빨리 감옥에서 탈출해야 하는 죄수처럼 몸이

달아 있었다.

언제 어디서 출몰할지 모를 양 도사.

양 도사를 신경 쓰는 일은 불시 출몰을 대비해야 하는 것으로 엄청난 기가 소모되는 일이다.

그 경지가 어느 정도인지 확인한 바가 없는 나로서는 언제까지나 오성그룹 대저택 안에 머물러 있을 수 없었다.

나의 몸 어딘가에 추적장치를 심어놓지 않은 게 다행한 일.

어떤 도술을 써서 나를 찾아낼지 장담할 수 없었다.

"제시카, 한 가지 묻고 싶은 게 있습니다."

삼 년이란 시간이 지난 이 시점, 서로가 제자도 선생님도 아닌 이상 호칭에 변화를 줄 필요가 있었다.

나는 과감하게 남자로서 제시카를 불렀다.

"뭐죠? 대답을 줄 수 있는 거면 기꺼이 답하겠어요."

처음부터 나에게 호의적으로 다가왔던 이국의 여인.

흐른 시간이 무색할 정도로 나를 대하는 태도는 전혀 달라지지 않았다.

말하는 투 하나까지 얼마나 괜찮은가.

살짝 오버하는 느낌으로 실제 옆에 있었다면 볼에 뽀뽀 정도는 서비스로 해줄 수 있을 정도는 되었다.

'슬슬 시작해 볼까.'

제시카가 왜 그렇게 나와 관계를 맺으려 애썼는지 나는 알고 있다.

미끼를 던져 확인해야 할 타이밍이다.

나를 남자로서 기다리지 않았다는 사실 정도는 눈치로 알 수 있는 일.

재능을 사고파는 일에 더 재능이 있는 제시카 로엘.

천부적인 스포츠 선수들을 발굴하고 상품화해 그 부수적인 가치들을 팔아 수익을 내는 제시카.

그녀는 이미 한국고등학교 재학 시절 나를 자신이 발굴해 낸 최고의 상품으로 찍은 것이다.

때문에 적극적으로 나에게 대시를 했고 지금 이 순간도 이렇게 반가워하고 있었다.

"취업비자는 어떻게 받을 수 있습니까?"

"취업비자요? 민, 혹 계약을 했나요?"

금세 경계심을 드러내는 제시카.

"아닙니다. 한국보다는 미국에서 제 꿈을 펼쳐볼까 해서 말입니다."

나의 원대한 꿈을 밝히는 순간.

대한민국보다는 아메리카를 겨냥하고 있다는 것 자체가 나의 가치를 더욱 높일 수 있는 이유가 됐다.

"그런데 절차를 잘 모르겠거든요."

나는 사실을 얘기했다.

물론 제시카의 조언을 얻기 위해 전화를 건 것이다.

"아……."

솔직히 말하자면 방법을 모른다기보다 아직 내 힘으로 불가능한 일이다.

성년은 맞았지만 어느 누구도 나의 신분 확인을 해줄 수 있는 사람이 없기 때문에 입국장에서 거절당할 가능성이 높았다.

무비자 입국이긴 하지만 신분확인 과정이 철저하다는 출입국 관리사무소.

게다가 나의 미국 입국 목적은 여행이 아니다.

원하는 것은 합법적 장기 체류.

그렇게 하기 위해서는 취업비자가 필수였다.

그리고 신속하게 비자를 발급받을 수 있는 방법은 한 가지.

미국 내에서도 막대한 영향력을 행사할 수 있는 대기업 산하 에이전트를 통하는 것이다.

"민, 기다려요. 우리 만나서 얘기해요."

'일이 잘 풀리겠어.'

제시카 나의 미끼를 제대로 문 것 같았다.

전화기 너머에서 들려오는 제시카의 목소리에서 느껴지

는 확고한 의지.

"언제 오실 거죠?"

"지금 바로 출발하면 늦어도 한국 시간으로 오후 네 시까지는 도착 가능할 것 같아요."

"네? 네 시요?"

나는 빠르게 시계 바늘을 놀려보았다.

겨우 열세 시간.

미국이 일본처럼 바로 옆 동네는 아니었다.

비행기표를 구매하고 공항까지 날아가지 않는 한은 무리한 시간이다.

"그, 그게 가능할까요?"

"호호, 걱정하지 말아요. 회사 비행기를 이용하면 일반 여객기보다 빠를 거예요."

'헐, 자가용 비행기!'

역시 상상을 초월하는 스케일이다.

대한민국에서도 손가락 안에 드는 대기업이나 운영한다는 자가용 비행기.

제시카 역시 그 정도는 대수로운 일도 아니라는 듯 말했다.

"연락 가능한 번호가 있나요?"

"없습니다."

정신없이 바빴던 시간들 때문에 통신 기기를 장만할 시간이 없었다.

막상 손에 들고 있는 전화기 번호도 몰랐다.

"그럼 제 번호를 알려줄 테니 네 시에 강남 테헤란로에서 만나기로 해요."

서울 지리도 빠삭하게 꿰고 있는 제시카.

"알겠습니다. 그때 뵙겠습니다."

일사천리 계획보다 쉽게 일이 풀렸다.

"민, 정말 보고 싶었어요. 이건 진심이에요."

'저도요!!!'

하마터면 나는 함성을 지를 뻔했다.

그러나,

"고맙습니다."

감정을 절제하고 조용하고 짧게 대답했다.

목소리만 들어서는 기세고 도도한 나쁜 남자의 전형적인 태도.

"하아……."

수화기 너머에서 제시카의 짧은 신음 소리가 들려왔다.

'내 피에 카사노바의 유전자라도 있는 건가…….'

젊은 시절 어머니를 뭍에 두고 선장으로 전 세계를 누볐던 아버지.

그분의 피 속에 카사노바의 기운이 강하게 살아 있었지 않을까 하는 생각이 스쳤다.

막말로 그 시절 아버지께서 세계를 돌며 무슨 일을 했는지는 아무도 모르는 일.

아직도 동해 바다 심해 어딘가에 잠들어 계실 아버지.

유해를 찾지는 못했지만 분명 용궁 어딘가 방 한 칸 얻어 어머니와 잘 계실 것이라 믿고 싶다.

제시카의 마음을 모르지 않는 나.

보이는 태도만 봐서는 제대로 나쁜 남자였다.

첫 여인에게 지질하게 당한 양 도사에게서 전수받은 것은 분명 아니다.

양 도사는 절대 나와 같은 패기 넘치는 행동을 여인들 앞에서 보인 적이 없다.

말투와 행동이 보고 배운 바 없는 모습.

그것은 바로 나의 유전인자를 의심해 볼 만한 케이스다.

아주 자연스럽게 상황에 따라 나타나는 나쁜 남자들의 행동 양상이 뜬금없이 튀어나오고 있다.

아버지의 생전 과거 행적이 깨끗하다면 윗대 조상들을 의심해 보지 않을 수 없다.

"제시카, 준비됐습니다. 번호 불러주세요."

나는 티테이블 위에 놓인 메모장과 펜을 준비했다.

"한국에서 쓰는 번호예요. 010―6779……."

사각사각.

제시카가 불러주는 번호를 받아 적었다.

번호를 적는 손에 힘이 들어갔다.

'이제 게임 시작이다…….'

제시카를 만나게 되는 순간부터 본격적으로 게임이 시작 되는 것이다.

바로 내일부터.

내 나이 이제 스무 살.

인생 2막 1장이 화려하게 열리게 된다.

띠띠띠띠.

통화는 끝이 났고 전화는 끊겼다.

그러나 수화기를 내려놓지 못하고 서 있는 제시카 로엘.

"하아……."

다시 긴 한숨이 폐부로부터 새어나왔다.

삼 년이다.

그 시간 동안 잊은 적 없던 천재 스포츠 소년 강민.

뭔가 분명 달라졌다.

음색은 크게 달라지지 않았지만 목소리에서 느껴지는 기 운이 더욱 강렬하게 다가왔다.

지금까지 수많은 대스타를 발굴하고 또 만나왔다.

제시카 로엘은 상대방의 음성만 들어도 어느 정도 그가 재능이 있는지 알아볼 수 있었다.

물론 미래 잠정 가치까지 감지할 수 있다.

짧고 화려한 불꽃을 품고 있는 이들은 정중하고 묵직한 포스가 부족했다.

언뜻 패기 넘치고 활력이 넘쳐 기대를 갖게 하지만 가볍고 들떠 있어 오래가지 못하는 경향이 짙다.

그들의 목소리는 갑자기 부자가 된 졸부의 느낌이 난다.

행동도 진중하지 못하고 가볍다.

반면 몇 마디 나눠보지 않아도 목소리와 톤에서 어느 정도 포스가 느껴지는 이들은 예상했던 것보다 더 오래 살아남았다.

상대방을 끌어들이는 영혼의 강력한 기세가 느껴진다.

제시카는 그런 상대를 방금 찾았다.

아니, 제 발로 찾아왔다고 해야 맞을 것이다.

헤아릴 수 없을 만큼 많은 선수를 제시카의 손으로 발굴했다.

지난 세월 동안 배출해 낸 선수들 중 어느 누구도 강민만큼 강한 인상을 주는 사람은 없었다.

"변했어. 어쩌면 기대했던 것보다 더 성과가 좋을지 몰라."

눈으로 확인해 봐야 확신할 수 있겠지만 과거보다 더 강력한 기운이 느껴졌다.

분명 한국고등학교 재학 시절에도 메이저리그 선발감에 부족함이 없었던 인물이다.

축구 빅스타에 골프 천재 소리를 듣고 있던 실력자였다.

그랬던 만큼 그 수준을 유지해 왔다면 지금은 더 업그레이드됐을 가능성이 컸다.

서둘러 직접 만나봐야 했다.

이미 목소리로는 확인이 됐다.

삐이익.

제시카는 비서실을 호출했다.

"네, 부사장님."

"루시, 비행기 일정 잡아줘요."

"날짜는 언제로 잡을까요?"

"지금 당장 공항으로 갈 테니까 조종사들 준비하라고 하세요."

"네, 알겠습니다. 목적지는 어디라고 알릴까요?"

"경유 없이 한국으로 바로 갈 겁니다."

"알겠습니다, 부사장님."

회사에서 보유하고 있는 자가용 비행기는 여러 대.

이 시간 당장 제시카가 한 대 사용한다고 해도 전혀 문제가 되지 않았다.

대기업 산하 스포츠 에이전시 회사인만큼 자가용 비행기를 써야 할 상황은 잦았다.

자국 내에서 일반 비행기를 이용할 시 움직일 수 있는 곳이 550여 곳으로 제한되었다.

그러나 자가용 비행기를 이용하게 되면 약 6,000개의 비행장을 사용할 수 있게 에이전시 회사 입장에서는 더욱 용이했다.

그만큼 자가용 비행기는 필수 품목처럼 취급되었다.

시간이 늦어지다 보면 계약을 앞둔 선수들과 트러블이 생기기도 하고 대우 문제로 일이 틀어지는 경우가 발생한다.

키릭.

제시카의 머릿속은 빠르게 돌아가고 있었다.

수화기를 제자리에 놓고 팔짱을 꼈다.

"제대로 된 상품을, 드디어 만나게 되는군."

푸른 보석을 박아놓은 듯 제시카의 눈동자가 생기 가득하게 반짝였다.

커다란 창을 통해 들어오는 빛에 더욱 빛났다.

그토록 바랐던 최고의 상품.

빅스타가 이제야 모습을 드러냈다.

시장에 나가자마자 모든 사람을 깜짝 놀라게 하기 충분한 스타 강민.

이미 상품 출시를 끝낸 사람처럼 제시카의 심장은 뜨겁게 달아올랐다.

시간이 흐른 만큼 몰라보게 성장해 있을 것이다.

삼 년 전과는 상황이 완전히 달라져 있다.

적극적으로 대시를 해도 문제될 것은 아무것도 없다.

스르륵.

제시카는 뜨거워지는 뺨을 두 손으로 감쌌다.

생각만으로도 양쪽 볼이 붉게 달아올랐다.

미국으로 들어온 후 단 한 번도 연애를 하지 않았다.

물론 일이 많아 정신없이 시간을 보낸 탓도 있지만 만난 작자들마다 밥맛이었다.

실력과 매너.

그리고 인품까지 뛰어난 사람은 스포츠계에 드물었다.

제시카의 미모와 배경에 환장하고 달려들었던 놈들은 몇 있었다.

그때마다 파트너가 있다고 거짓말을 해 거절해 왔던 제시카 로엘.

지저분한 자들이 엉겨 붙으려 할 때마다 떠올랐던 한 사람.

제시카 자신도 왜 그의 이미지가 그렇게까지 강하게 자신에게 어필이 되었는지 이상하게 생각될 정도였다.

　어린 나이임에도 불구하고 깔끔한 매너와 남자로서 자신을 절제하던 모습을 보았기 때문일 것이다.

　그랬던 강민.

　그가 삼 년 만에 돌아왔다.

　"뭘 입고 가지?"

　오늘도 여느 날과 마찬가지로 신경을 쓰고 드레스 코드를 맞춘 제시카.

　시간도 빠듯하고 마음도 급했다.

　회사 바로 옆에 있는 펜트하우스.

　따깍따깍.

　발 빠르게 움직였다.

　삼 년 전 어느 날처럼 갑자기 사라져 버릴 수도 있는 강민.

　바로 앞에서 놓친 신기루처럼 여겨졌다.

　"이번에는, 반드시 데려오겠어!"

　수락만 해준다면 당장 미국으로 데려오는 것은 일도 아니었다.

　그룹이 갖고 있는 로비력은 그 어느 곳보다 탄탄했다.

　미대사관과 출입국관리사무소 등에 크게 영향력을 행사

할 수 있을 정도다.

그 전에 먼저 해결해야 할 문제.

계약서를 작성하는 일이다.

처음 강민을 염두에 두고부터 준비해 오던 일이 이제 결실을 맺으려 하고 있다.

미국에 들왔을 때 이미 그룹 차원의 승낙을 얻어놓은 상태.

강민의 사인만 받으면 된다.

말 그대로 빅 스타는 눈에 보이는 이익을 끌어오는 역할보다 전반적으로 그룹을 선전하는 데 더욱 많은 역할을 한다.

그만큼 다른 여타 스타들과는 비교도 안 될 만큼 차별적인 대우가 적용된다.

부사장 제시카가 직접 비행기를 타고 찾아갈 정도면 말 다한 것이다.

"후후, 미꾸라지 같은 자식. 돌아왔단 말이지."

오십대 후반에 접어든 당철용.

언뜻 사람 좋은 모습의 후덕한 인상이지만 강남의 투톱 보스 중 한 명이다.

그의 입가에 메마른 미소가 번졌다.

삼 년 동안이나 노심초사 소식을 기다리던 먹잇감이 돌아왔다.

어처구니없는 사건에 휘말려 개고생했던 강남 다산파.

순식간에 허접한 조직 취급을 받아 버렸다.

명색이 행동대원들이란 것들이 되도 않게 고등학생 한 놈의 뒤를 봐주다 개꼬라지를 당했다.

그것도 여중생 납치사건이라는 추잡한 사건에 휘말린 것.

아무리 쓰레기라는 소리를 듣고 사는 조직원 출신 당철용이지만 청소년은 건드리지 않는 게 철칙이었다.

그 선까지만 해도 대충 당철용 선에서 해결할 수 있었다.

그러나 그 후풍이 조직을 와해시킬 만큼 타격을 갖고 올 것이라고는 예상하지 못했다.

문제는 관계망에서 생겼다.

여론이 악화되자 평소 뒤를 봐주던 정치인들이 가장 먼저 손을 뗐다.

그간 갈고닦아 놓은 쭉쭉 뻗은 앞길에 장애물들이 놓였다.

직물을 짜듯 꼼꼼하게 관리해 오던 인맥들이 철저하게 등을 돌렸다.

처음부터 그들을 믿었던 것은 아니다.

그러나 어느 정도 서로를 신뢰할 수 있었던 것은 약점 잡힐 만한 것들을 철저하게 관리해 왔던 당철용의 조직 운영 능력 덕이었다.

그런 당철용의 조직 운영 철벽에 구멍이 난 것이다.

그것도 자신이 데리고 있는 믿을 만한 대원들로 인해서.

다시 한 번 정치인들은 믿을 만한 자들이 못 된다는 것을 몸소 체험한 당철용.

본래부터 세상 따위는 믿지 않았다.

그러나 새삼 다시 한 번 깨닫는 계기가 되었다.

이를 갈았다.

강민이라는 놈으로 인해 각 조직은 자존심까지 걸게 되었다.

이 모든 것이 강남을 일통하지 못한 데서 비롯된 사태.

생각할수록 어이없고 분통 터지는 일이었다.

일개 고등학생 한 명으로 인해 거대 조직 다산파가 순식간에 공중분해 될 뻔했다.

기회를 보고 때를 기다렸다.

그나마 위안이 되었던 것은 삼 년 전.

녀석이 사라지던 날 있었던 사건.

그놈에게 인천 달수파와 강동파까지 당했다는 소식을 듣고서야 약간의 위안을 얻었다.

조직원들의 실력도 중요했지만 그보다 정치권의 비호가 절실하게 필요한 조직 운영.

그들의 비호 없이 살아남을 수 있는 방법은 극히 제한되었다.

이유를 막론하고 정치권이 배제된 조직판은 말 그대로 주먹판일 수밖에 없다.

그러나 지금은 과거와 환경이 많이 달랐다.

돈과 권력이 최우선.

그리고 그 두 가지가 주먹과 결합된다.

신종 사업 모델인 것이다.

거친 표현으로 말하자면 그것이 바로 밤 세계의 실체다.

인류의 역사가 시작된 이래 단 한 번도 사라진 적 없는 욕망의 세계인 것이다.

뜨거운 태양과 차가운 달이 서로의 자리를 지키는 질서처럼 공존했다.

"성대하게 맞아주겠어……. 다른 놈들이 침 바르기 전에 서둘러야지."

조용히 걸려온 한 통의 전화.

간만에 기분 좋은 소식이 아닐 수 없었다.

기업 내 비서실을 통해 서울에 강민이 모습을 나타냈다는 소식을 듣게 됐다.

의외인 것은 오성그룹 회장 저택에 머물고 있다는 것.

"머리를 쓴 건가. 어떻게 오성을 등에 업었는지 모르지만 그렇다고 포기할 내가 아니지."

삼 년이란 시간을 그냥 아무 대책 없이 흘려보낸 것이 아니다.

놈이 무사히 다시 서울로 귀환한 것이 기쁠 뿐이다.

전형적인 정의의 사도처럼 구는 놈.

나름 정의를 수호하겠다는 듯 선을 긋고 악과 선을 구분했다.

그리고 악을 처단하기 위해 덤비는 철없는 청춘의 전형적인 모습을 보였다.

그간 강민에 관한 정보는 최대한 수집해 놓았다.

깡패들에게는 냉혈한처럼 굴었지만 주변 사람들에게는 한없이 약한 모습을 보였다.

녀석이 갖고 있는 최대의 약점.

단 며칠이면 놈을 끌어낼 수 있다.

그리고 비밀리에 마련해 놓은 비장의 무기가 있었다.

암암리에 많이 풀려 있는 총기와 불법 체류자들.

당철용 역시 다산파를 앞으로 내세워 직접 나설 필요가 없다는 것쯤은 잘 알고 있다.

지문도 여권도 존재하지 않는 외국인들.

대한민국에 거주하고 있는 불법 체류자들 중에는 상당수 타국의 조직원들이 섞여 있었다.

그들에게는 돈이 전부였다.

돈만 쥐어준다면 목숨 따위에 연연하지 않는 놈들이 한둘이 아니다.

작업을 끝낸 뒤에도 전혀 흔적을 남기지 않는다.

전문가 수준의 총잡이 몇을 포섭해 놓았다.

그물 안으로 몰아넣기만 하면 끝난다.

제아무리 날고 긴다 해도 총기 앞에서는 소용이 없는 몸부림.

총알이 뚫고 나간 몸뚱이는 똥자루 신세와 진배없을 것이다.

띠이익.

인터폰을 누르는 당철용.

"부르셨습니까, 회장님."

"정보부장 올라오라고 해."

"네, 알겠습니다."

삼 년 전보다 더욱 완벽하게 구축해 놓은 조직의 시스템.

정보의 중요성을 새삼 깨닫고 쓸 만한 놈들로 정보부를 신설해 운영해 오고 있었다.

미래 조직 사회는 정보와 법을 교묘하게 섞어 운영해야

한다.

주먹은 최후 순위로 빼놓고 조직을 운영해야 하는 과제를 미리 풀기 시작한 것이다.

물론 주먹을 써서 해결해야 할 문제들이 분명히 존재했다.

그것들은 따로 처리를 해내고 있었다.

주먹 없는 밤 세계 질서는 결코 존재할 수 없는 법이니까 말이다.

제6장
아프니까 사랑한다

마스터K

부우우웅.

끼이이익.

'호오, 이거 재밌네.'

핸들을 잡은 손에 짜릿하게 느껴지는 엔진의 진동.

처음 몰아보는 자동차라는 물건.

조수석에 얻어 탈 때와는 차원이 달랐다.

내가 트는 방향으로 움직이는 1톤 소형 트럭.

직접 운전한다는 기분은 여포가 타고 다녔다는 적마토도

부럽지 않은 심정이다.

띠~

"100점. 합격하셨습니다."

잠시 뒤 운전면허증 시험장에 울려 퍼지는 기능시험 합격 멘트.

아침부터 정신없이 바빴다.

이른 아침부터 강남 면허시험장에 들러 신체검사와 안전교육을 이수했다.

그리고 학과 필기시험을 치르고 만점으로 합격했다.

그 뒤 바로 이어진 장내 기능시험.

운수 좋은 날처럼 오늘따라 기능시험 대기자가 아주 적다고 했다.

곧장 오후 한 시 타임에 응시가 가능하다는 것이다.

물론 가볍게 합격했다.

이미 기능시험을 보러 오기 전에 장내기능 시험 과정을 섭렵해 온 상태였다.

안전벨트를 매고 차량 시동을 켰다.

와이퍼 작동 한 번 하고 전조등 및 방향 지시등을 켰다.

핸드브레이크를 풀고 전진하면서 돌발 신호에 정확하게 브레이크를 밟아주었다.

몇 가지 하고 났더니 만점을 주었다.

'오늘 하루 제대로 하면 다 패스할 수 있다고 했지.'

오늘 하루는 예린이가 나를 에스코트했다.

이론상으로는 불가능한 일.

하지만 오늘 하루에 다 딸 수 있다고 하니 의구심이 들지 않을 수 없었다.

물론 지방 같은 경우는 가능한 곳도 있다고 했다.

찰칵.

1종 보통 면허를 신청해서 그런지 털털거리며 소음이 이는 트럭.

나는 트럭 앞좌석 문을 열고 차 밖으로 나왔다.

"민아!!!"

차에서 내리자마자 활기찬 예린이의 음성이 들렸다.

'좌우지간 음흉한 인간들하고는…… 쯧쯧.'

오늘따라 유난히 하늘거리는 푸른색 계열의 미니스커트 차림으로 나타난 예린이.

새하얀 블라우스까지 받쳐 입은 모습이 아주 환상이다.

여느 날처럼 예린이의 패션은 오늘도 죽여줬다.

게다가 매끈하게 빠진 새하얀 무결점의 다리.

눈을 달고 있는 사람이면 저절로 예린이의 위아래 모습을 훑게 될 정도다.

살짝 보기만 해도 에너지가 충전되는 듯한 이 느낌.

그러니 다른 사람들이야 오죽하겠는가.

그런 예린이의 시선은 오직 나에게만 향해 있었다.

나를 확인하고 손을 흔들며 오매불망 기다리던 님 대하듯 나를 반겼다.

'예린이 정도면 괜찮지…….'

몸매 받쳐주고 옷발 받고.

걸친 액세서리 역시 최상급 제품들.

집안은 말할 것도 없고 성격도 빠지지 않으니 전혀 부족함이 없는 상대다.

머리도 좋은 데다 이 시대 사람들 누구나 따지는 학벌 역시 대한민국 탑 클래스.

비주얼은 둘째치고라도 나에 대한 열정 하나는 금메달감이다.

'눈이 호사를 누리는구나~'

강남에 있는 운전면허 시험장이라서 그런지 꽤 괜찮은 미모의 여성들이 눈에 많이 띄었다.

아무래도 지역적 특성이 많이 작용하는 듯하다.

문제는 모두 한 족보에 이름을 올린 사람들이 아닐까 하는 의구심이 든다는 것.

비슷비슷한 외모.

조상이 같지 않고서는 도저히 나타날 수 없는 현상처럼 보였다.

'다들 계를 드셨나…….'

내 생각에는 다들 같은 성형외과에서 수술을 받은 것 같았다.

인위적인 냄새가 물씬 풍기는 외모의 여성들 사이에서도 단연 돋보이는 예린이의 천연 미모.

순수한 자연스러운 기품이 몽글몽글 발산되고 있었다.

그 증거로 예린이 주변으로 바짝 다가서 포진해 있는 시커먼 사내들이 보였다.

그도 그럴 것이 예린이만큼 예쁜 자연미인은 보이지 않았다.

곁눈질로 힐끔거리며 예린이의 위아래를 훑는가 하면 입을 스륵 벌리고 침을 흘리는 놈도 있었다.

운전면허증 발급 차 왔을 텐데 그 일은 안중에도 없는 듯했다.

"민아! 빨리 와!"

마음 급한 예린이의 부름.

'설마……?'

하루 만에 기능시험까지 마무리할 수 있었던 것만 해도 천만다행한 일이다.

절대 쉬운 스케줄이 아니다.

"무슨 일이야?"

파바바밧.

예린이의 손끝이 가리키는 곳에 내가 서 있자 예린이를 힐끔거리며 훔쳐보던 사나운 늑대들의 시선이 나에게 쏠렸다.

"주행시험 봐야지!"

'엥? 주행시험?'

평일에도 거의 불가능한 당일치기 운전면허 취득.

더구나 오늘은 주말 토요일.

직장인들까지 생각한다면 주말 오후 기능시험까지 합격한 것만으로도 놀라울 일이다.

그런데 주행시험까지 밀어붙이려는 예린이.

아무리 오성그룹 일원이라고 해도 그런 특혜까지 받을 수는 없다.

사방에서 두 눈을 부릅뜨고 쳐다보고 있는 사람들의 눈초리.

이 상황에서 조금이라도 불이익을 받게 된다면 알게 모르게 찍힌 사진들과 내용으로 몇 초 뒤 인터넷을 도배하게 될 것이다.

게다가 예린이가 오성그룹의 막내딸이라는 사실이라도 밝혀지게 되면 오성그룹을 씹어 먹으려고 달려들지 않겠는가.

그 정도 시나리오를 모를 리 없는 예린이가 배짱 좋게 주
행시험을 운운했다.

　"오늘 가능해?"

　"당연히 불가능하지!"

　"……."

　나는 슬슬 불안해졌다.

　귀는 나만 있는 것이 아니었다.

　"빨리 와. 정말 민이 넌 하늘이 돕는 거 같아!"

　"그게 무슨 말이야?"

　"나도 방금 들었는데 오늘 주행시험을 단체로 접수했던
학원의 차량이 고장이 났대. 그래서 모두 출석을 못하게 돼
서 대기자들과 오늘 접수한 인원들에서 시험을 치르게 한
대."

　'오! 지저스!'

　예린이 말대로 하늘이 날 돕고 있었다.

　시간이 촉박한 불쌍한 인생에게 하늘이 허락한 보너스
들.

　"가자!"

　"응!"

　사락.

　나의 대답에 거침없이 나의 손을 잡아채는 예린이.

'이것도?'

두 눈 시퍼렇게 뜨고 예린이와 나를 주시하던 주변 사람들.

그 앞에서 보란 듯이 나의 손을 잡아끄는 예린이의 행동.

이 역시 하늘이 주신 보너스처럼 느껴졌다.

손에 느껴지는 예린이의 따듯한 체온과 야들야들한 피부.

지난 시간 동안 착하게 성장한 여인 예린이.

이렇게 손만 잡고 가는데도 온몸에 정체 모를 스파크가 일었다.

나 역시 설악산에서 성숙하고 건전하게 시간을 보낸 증거가 아닐 수 없다.

타다닥.

흐뭇한 나의 마음을 알 리 없는 예린이는 마치 여전사처럼 나를 끌고 사람들 사이를 헤치며 나갔다.

'멋져!'

미래 사회를 살아가기 위해서 여성들도 이런 점을 갖출 필요가 있었다.

깡다구.

사나운 짐승들이 출몰하지는 않았지만 설악산에 홀로 찾아들 정도로 예린이는 깡다구가 있었다.

의지의 한반도 여성.

겉으로 보기에는 가녀리고 연약한 여성의 모습.

그러나 그 싹수는 이미 한국 고등학교 재학 시절에 확인한 바가 있었다.

야구부 운동장에서 경기를 할 때 나를 응원하겠다고 반 아이들을 선동했다.

그리고 수백 명의 상대편 고교 남자 응원단을 상대로 내기를 벌였을 만큼 화끈했던 예린이다.

버릴 것 하나 없는 참 좋은 여인이다.

집안과 재력, 그리고 스펙을 따지는 대한민국 상류 사회에서는 첫 번째 가는 신부감일 것이다.

남 부러울 것 없는 최고의 여성이 고작 내 운전면허증 하나 챙겨주기 위해 동분서주하고 있다.

이쯤에서 내가 얼마나 복이 많은 놈인가는 여실히 확인되고 있는 셈.

이만한 증거가 또 어디 있겠는가.

'따뜻하고 좋다…….'

살면서 내가 누군가와 손바닥이 포개지도록 손을 잡아본 적은 거의 없었다.

예린이의 손바닥에서 느껴지는 따듯한 체온이 마치 예린이의 마음처럼 느껴졌다.

그녀가 갖고 있는 근본적인 긍정적 생명력과 열정이 온전히 다 전해지는 것 같다.

"미요코."

"하명하십시오!"

정교하게 격자를 이루며 짜여 있는 다다미.

두 무릎을 꿇고 등에는 쌍검을 멘 채 문주의 부름에 힘있게 대답했다.

십이매방관을 돌파하고 일월문 최고 살수의 자리에 올랐다.

양쪽으로 길게 땋아 내린 머리.

살짝 입술을 도드라지게 하는 덧니가 매력적인 미요코.

숱한 무공으로 단련된 신체는 날렵하고 탄탄해 보인다.

검은 살수복 차림으로도 감춰지지 않는 건강한 여인의 향취가 물씬 풍긴다.

긴 머리를 풀어헤치고 당장 살수복을 벗고 같은 나이 또래 여성들이 입는 옷을 입어도 전혀 빠지지 않는 외모다.

한창 꽃 같은 여성미를 철저하게 감추고 있었다.

문주는 그런 미요코 맞은편 상석에 앉아 있다.

팔걸이와 등받이가 있는 자리에 놓인 홍매화가 활짝 핀 검은 보료.

그 위에 조용히 앉아 미요코를 내려다보았다.

일월문 문주이면서 미요코의 아버지.

문주의 차림은 보는 것만으로도 압도될 만큼 화려하다.

포효하는 황금용이 붉은 바탕의 전통 기모노에 섬세하게
수놓아져 있다.

문주와 마주하기 위해서는 닫혀 있는 미닫이문 다섯 개
를 통과해야 하는 이곳.

유서가 깊은 전통 가옥이다.

현역에서 은퇴했지만 한때 일본과 세계에서 일어났던 크
나큰 미제 사건의 중심에 있었던 인물이다.

겨울달이라는 뜻을 품고 있는 후유츠키.

문주의 이름이다.

이름에서 느껴지듯 후유츠키의 손속은 그 어떤 사정도
보지 않는다.

문주의 자리에 앉기 전에 그의 손에서 처리된 사건들만
도 정확하게 백 건.

모두가 사람의 목숨을 거두는 일이었다.

교통사고, 급성 심장마비, 뇌출혈 등.

갑작스러운 사고나 질병으로 가장되었지만 그 어떤 탈을
씌워서라도 가능했던 후유츠키의 살행.

문주의 손속은 그 누구도 따라할 수 없을 만큼 수법이 대단했고 살수 쪽에서는 천재로 인정받았을 정도다.

야쿠자를 비롯해 일본 정치계 쪽에서도 극소수의 인물만이 알고 있을 만큼 그의 이름은 비밀에 부쳐져 있었다.

미요코를 앞에 두고 그녀를 바라보는 문주 후유츠키의 모습은 인자하기 그지없다.

모습은 영락없는 전통 무사의 자태.

머리를 정수리까지 질끈 모아 묶었다.

살짝 당겨 올라간 눈꼬리가 언뜻 차갑게 보였다.

하지만 반쯤 내려감은 듯한 눈으로 미요코를 바라보는 문주의 눈빛은 한없이 부드러웠다.

생각보다 덩치가 크지 않은 문주.

지금 그의 눈빛에서는 과거 그가 수많은 사람의 목숨을 거둬들인 살수였다는 사실을 의심하게 했다.

다만 명망 높은 가문의 후계자 정도로 보였다.

"그놈이 돌아왔다."

낮고 조용한 문주의 목소리가 방 안에 울렸다.

"……!!!"

머리를 다다미 바닥에 바짝 대고 대답을 기다리던 미요코.

그녀의 몸에 미세한 진동이 한 번 일었다 사라졌다.

문주이자 아버지가 말하는 그놈.

"……."

미요코는 고개를 들 수가 없었다.

열정과 패기 넘쳤던 때.

자신만만하게 발을 내딛었던 첫 살수행이 떠올랐다.

철저하게 훈련을 받았던 만큼 완벽하게 실행하고 돌아올
것을 다짐했다.

그리고 금의환향하여 본격적으로 가문의 대를 잇고 아버
지 뒤를 따를 것이라고 예상했던 미요코.

처참했다.

전혀 상상도 하지 못했던 변수.

현대 사회에서는 자취를 감췄을 것이라고 장담했던 무공
고수.

놈이 그런 자였다.

불과 백 년 사이에 거의 모든 곳에서 자취를 감춰 버린
고수들.

이미 내공을 수련하는 자나 각 문파의 무림 고수들조차
찾아볼 수 없었던 세월이었다.

일본 본토의 사정도 마찬가지.

유서가 깊었던 검술 가문들마저도 2차 세계대전을 거치
면서 대부분 산화했다.

유난히 애국심과 명예를 중시했던 사무라이들.

불리한 상황이 되면 명예를 지키기 위해 검을 들고 돌격했던 그들의 후손.

하지만 아무리 내공을 높게 수련했다 하더라도 포탄과 총구 앞에서는 소용이 없었다.

그렇게 사라진 수많은 일본 전통 무인들.

대부분 자진하여 장교로 입대해 선봉에 서서 부대를 이끌다 장렬하게 최후를 맞이했다.

그들과 도선을 달리했던 살수들.

정보 수집과 요인 암살이 주 임무였던 살수들은 그 틈에도 위기를 피했다.

미국이나 유럽 쪽으로 숨어들고 식민지들에 침투해 정보를 빼냈다.

미국 군정 치하에서는 미인계가 가장 잘 통했다.

고위 장교나 공무원들을 상대로 미인계를 써서 포섭해 들어가 일본의 마지막 실리를 챙겼다.

그 이후에도 살수 집단은 변화를 거듭했다.

시대의 흐름에 몸을 맡기고 물타기를 했다.

진화는 계속되었고 정재계의 가려운 곳을 알아서 긁어주기도 했다.

그리고 오늘날에 와서는 일본 최고의 살수 가문으로 자리매김을 한 일월문.

지금도 일본 도처에서 모든 것을 감추고 살수 노릇을 하는 가문들이 남아 있었다.

그러나 일월문만 한 영향력을 행사하는 집단은 없었다.

직계와 제자들이 잘 성장해 야쿠자를 비롯해 정치계에까지 관계를 넓혀 투신한 상태.

일개 가문으로 치부하기에는 일원문이 행사하는 힘과 위험성이 대단했다.

15년 전.

일본 야쿠자들의 파벌 싸움이 있었다.

그때 백여 명의 야쿠자의 보호를 받던 두목과 조직원들을 일월문 혼자 모두 처리했다.

철저한 뒤처리로 그 어떤 언론에서도 보도되지 않았다.

증거 하나 없이 깨끗하게 마무리했다.

살인 사건이 있었을 것이라고는 상상할 수 없을 만큼 말끔했던 당시 살행.

그 살행을 전후로 야쿠자들 역시 더더욱 일월문을 조심했다.

정치계 인사들은 물론 재계 거물들도 최대한 일월문과는 적이 되지 않기 위해 애썼다.

되도록 문제의 소지가 있을 만한 것들에서 일월문을 언급하지 않는 것이 불문율처럼 지켜졌다.

일월문 역시 나름 소신을 갖고 의리를 지켰다.

일월문에 관해서 문제 삼지 않는 거물급 처리 의뢰는 정중하게 거절함으로써 보이지 않는 신의를 지키는 것이다.

얽히고설켜 있는 일본 정재계의 인맥들.

상부상조를 기본 덕목으로 독자적인 세력을 확충하고 유지했다.

그렇게 가문을 꾸려오던 일월문 문주의 딸 미요코에게 삼 년 전 실수는 뼈아픈 기억이다.

그것도 가문의 직계 신진 살수들 중에서도 가장 실력이 뛰어났던 미요코였다.

특별히 선발되어 나갔던 첫 살행에서 당한 것.

특이 사항이라고는 없었던 이름밖에 모르는 놈에게 당했다.

게다가 아직 어린놈이었다.

그날 이후 일월문은 긴장일로를 달렸다.

과거 일제 강점기 때의 조선을 떠올린 것이다.

당시 재야에 묻혀 있던 조선의 고수들에게 일본 본토 고수들이 수없이 털렸다.

하늘이 정한 운명을 읽고 깊은 산중에 파묻혀 살던 도사와 고수들.

대련을 위해 겁없이 찾아드는 일본 무사들을 보는 족족

박살 냈다.

당시 설악산에 은거하던 도사는 특히 더했다고 한다.

바깥세상까지는 사건 그대로 밝혀지지 않았지만 이후에도 암암리에 암투가 끊이지 않았다.

설악산 산중에 굉장한 고수가 있다는 말은 일본 가문과 도장의 무인들에게 전해졌고 그들 역시 숨어 은둔 생활을 한다는 도사를 찾아갔다.

그러나 그들 중 한 사람도 온전한 모습으로 돌아오지 못했다.

다들 팔다리 하나씩은 부러진 채 도망치다시피 그곳을 빠져나왔다.

그 수가 무려 수백 명에 달했다.

일제 강점기를 거치면서도 설악산을 중심으로 그 근방의 수탈이 다른 곳보다 적을 수밖에 없었던 이유가 거기 있었다.

최대한 설악산 산중에 은거 중이라는 도사를 자극하지 말라는 밀명이 총독부로부터 하달되었던 것이다.

물론 총칼을 들고 입산했던 용감한 일본 경찰도 있었다.

문제는 괴이한 술법에 당해 목숨만 겨우 붙어 산에서 쫓겨났다는 사실을 알고 난 뒤 어떤 누구도 재도전하는 자가 없었을 뿐이다.

그리고 시절은 바뀌었다.

오늘날에 이르러서는 이미 오래전 옛이야기처럼 흐려지던 그때 그 시절.

갑자기 어제 일처럼 그 모든 사건이 수면 위로 올라온 것이 바로 그놈 때문이다.

일월문 후계자로 의심할 필요가 없었을 만큼 확실했던 자를 패배시킨 놈이 그 당시 은둔 생활에 들어간 도사의 제자라는 정보가 들어온 것이다.

일월문에서는 놀란 가슴을 가라앉히고 부랴부랴 서둘러 미요코를 특훈시켰다.

그것도 영약의 도움까지 받아야 할 만큼 강한 훈련을 말이다.

늙은 도사와 어린 제자가 한 패거리였다는 사실을 몰랐을 때는 문제가 크지 않았다.

그러나 그 사실을 알고 난 뒤 일월문의 행보는 달라질 수밖에 없었다.

의뢰가 들어왔던 청부도 마무리해야 했다.

동시에 독초처럼 자라고 있던 설악산 도사의 잔뿌리도 제거해야 하는 임무가 는 것이다.

그 두 가지를 위해서 투자를 아끼지 않았던 일월문.

처음 작았던 일이 이후 생각보다 커진 것이다.

삼 년.

그 시간 동안 극한 수련을 통해 엄청난 훈련을 거치며 미요코의 살수 실력은 엄청나게 성장해 있었다.

지금 이 순간부터 미요코의 양어깨에 일월문의 자존심이 걸렸다고 해도 과언이 아니었다.

"다녀와라!"

문주의 말은 길지 않았다.

자식이기에 앞서 제자.

그리고 가문의 후계자 신분이 미요코를 향한 문주의 인간적인 정을 극도로 절제하게 했다.

직접 낳은 자식이라면 어떤 짐승도 선택하지 않는 일.

빤한 죽음 앞에 새끼를 밀어 넣는 비정한 살수 가문의 모습이다.

또 일월문과 같은 가문에 태어난 것 자체가 전생의 업이라 할 수 있었다.

"반드시 처리하겠습니다!"

후유츠키 문주를 향해 더욱 낮게 엎드리는 미요코.

아버지를 아버지라 부르지 못하고 보낸 시간이 이십 년.

흐린 기억 속에 아직도 남아 있는 어린 시절의 일.

그 기억 속 미요코는 문주를 아버지라 불렀다는 이유로 며칠간 음식도 먹지 못한 채 독방에 갇혔었다.

물론 직계라는 신분 덕에 다른 살수들보다 나은 특혜를 받긴 했다.

그러나 돌아오는 것은 그 대가만큼 더 냉정한 대우를 견뎌야 했다.

위기의 순간에도 개인적인 정에 얽매여서는 안 되는 관계.

또 주어진 명을 완수해야 함이 살수로서 갖춰야 할 덕목 중 기본이었다.

미요코는 알고 있었다.

지금 이 순간도 문주 아버지의 따스한 눈빛이 보이는 것과 달리 다가 아니라는 것을.

후유츠키는 아버지 이전에 일월문의 문주.

그의 가슴은 절대 감출 수 없는 비수 같은 명을 살수 미요코에게 지시하고 있었다.

그리고 다시 한 번 주어진 이번의 기회.

실수하게 되면 미요코의 운명은 어떻게 될지 모르는 상황.

"명심해라! 적이 강하고 약한 것을 떠나 살수는 반드시 명을 완수해야 한다."

문주 후유츠키는 바짝 엎드려 있는 미요코를 향해 말을 던졌다.

"그 어떤 대가를 치르고서라도 분명히 그렇게 해야 한다."

미요코는 아버지가 말하는 말의 의미가 무엇인지 너무나 잘 알고 있었다.

부드러웠지만 서리 같은 기가 담겨 있는 묵직한 말.

"명!"

쿵!

미요코는 고개를 살짝 꺾어 들었다가 바닥에 내리찍었다.

두 번의 실수는 미요코 자신도 용납할 수 없다.

실패를 염두하고 싶지는 않았다.

지난 삼 년의 시간은 그간 갖은 훈련을 거쳐 왔던 시간보다 처절했던 기간이었다.

이미 여인으로서 꿈꿀 수 있는 삶은 버린 지 꽤 됐다.

일말의 희망을 품었던 적도 물론 있었다.

그러나 지금은 오직 가문 제일의 살수가 되겠다는 일념만 있을 뿐이다.

그것도 일월문의 이름을 드높이는 최고의 살수.

어차피 일월문의 한 사람으로 태어난 이상 다른 삶을 꿈꿀 수조차 없음을 너무 잘 알고 있다.

이번 생은 살아도 산 게 아님을 깨달은 미요코.

'기다려라. 내가 간다!'

미요코는 강민을 떠올렸다.

아직도 생생하게 머릿속에 남아 있는 그때 그 순간.

마지막 순간까지 미요코를 희롱하던 건방진 조선의 남자.

대가를 치러야 한다면 자신의 목숨을 걸고서라도 이번에는 그자의 목을 따고 말겠다고 다짐했다.

단 한 번의 수로 동맥 하나는 제대로 끊어 놓고 말겠다고 말이다.

위이이이잉.

'오오! 이거 실감 나네~!'

"민아, 돌발!"

끼익!

부릉부릉부릉.

역시 최첨단을 달리는 IT 선진국답다.

앞서가는 운전면허 시험장 티 팍팍 내며 무료로 설치해 놓은 시뮬레이션 카.

예린이 말대로 하늘의 복으로 주행시험을 무난하게 접수할 수 있었다.

단체로 예약해 두었던 학원의 학생들이 출석하지 못하면

서 무더기 빈자리가 발생한 것이다.

무려 이십여 개의 빈자리가 한꺼번에 쏟아졌다.

토요일은 100프로 당일 접수가 불가능하다는 것을 알고 있었기 때문에 기대도 하지 않았다.

나뿐만 아니라 다른 합격생들도 사정은 마찬가지.

한날에 주행시험까지 패스하겠다고 노리는 사람은 거의 없었다.

예린이의 정보 수집 능력 때문이라고 하기에는 행운이 따라주었던 운전면허 무난 취득기.

행운의 여신이 뽀뽀를 날렸는지 두 시에 시험 시간이 잡혔다.

접수를 하던 직원도 이런 경우는 자신이 근무한 이래 처음 있는 일이라고 할 정도였다..

다른 지방 같은 곳이면 흔한 일일 수도 있겠으니 이곳은 늘 사람들로 붐비는 강남 면허시험장.

나의 일이라면 물불 가리지 않고 달려드는 예린이 덕을 제대로 본 셈이다.

거의 전설에 가까울 하루 만에 운전면허 취득하기를 달성한 것이다.

"민아~ 퍼펙트! 호호. 넌 뭘 해도 이렇게 완벽한 거니?"

짝짝!

주변 사람들의 시선쯤 가볍게 무시해 주는 예린이.

그녀의 시선은 오직 나에게 고정돼 있는 듯 손뼉까지 치며 기뻐했다.

해맑은 미소가 이제 막 피어나는 봄꽃처럼 화사했다.

"저 자식 뭐야?"

"연예인들이야? 처음 보는데……."

"에휴, 몸 좋은 것 봐라. 손목에 찬 것도 명품 시계야……."

"카악! 퉤! 쩐다 쩔어!"

"나 저런 여자 옆에 한 번 끼고 다녀봤으면 소원이 없겠다."

"그 정도냐? 난 내일 지옥 간다고 해도 웃으며 갈 수 있다 임마!"

"정말 이쁘다……."

거리를 좀 두고 몰려서 담배를 빨던 이십대 초반 정도로 보이는 남자들.

얼굴에는 여드름이 숭숭 돋은 채 한숨을 푹푹 내쉬었다.

나름 세상이 불공평하다고 침을 퉤퉤 뱉기까지 하며 눈을 흘겼다.

'자식들, 거저 되는 게 어디 있는 줄 아냐?'

나는 못 들은 척하면서 그들을 살짝 훑었다.

겉모습만 보고 이러쿵저러쿵하는 사람들은 양 도사 젊은 시절에나 지금이나 달라진 게 없는 것 같았다.

허구한 날 넉넉한 집안 자식이라고 손가락질을 당했다는 양 도사.

자랑인지 궁색한 변명인지 헷갈렸지만 양 도사에게 손가락질을 했다는 자들도 저런 사람들 같지 않았을까 하는 생각이 들었다.

나의 지난 시간이 어떠했는지 전혀 모르면서 눈으로 보고 입으로 떠드는 자들.

앞뒤 도합 육 년 설악산 생활을 겪고 오늘 이 순간을 누리겠냐고 물어보면 혼비백산 내뺄 게 뻔한 면상들.

그렇게 부러우면 자진해서 겪어봐도 충분히 인생에 도움이 될 만한 코스니 추천해 줄 의향도 있었다.

부모 그늘에서 편하게 살다가 이제 세상에 발을 넣고 있는 평범한 청춘들.

이제야 세상의 불공평함을 알고 반항심을 키우는 인생 오춘기 시절의 주인공들이었다.

내 꼴이 눈에 거슬리고 부러워도 어쩔 수 없는 법.

설악산에서 양 도사 심부름으로 뼈가 굵어지는 동안 내 인생에 이런 봄날이 올 줄은 상상도 못했다.

"민아, 주차할 때는 꼭 주차브레이크를 잡아 당겨야 해."

"오케이~"

시뮬레이션을 통해 운전을 하는 동안 어느새 차는 정지선 앞에 도착해 있었다.

그리고 예린이 말대로 마지막까지 완벽하게 마무리했다.

'이 정도면 주행 도로 정보는 모두 예습을 한 거군. 크하, 이제 시험만 보면 되는 거야.'

시간은 생각보다 빠르게 흘러갔다.

국가 공인 자격시험을 처음 치르고 있었다.

주민등록증 이후 대한민국이 나에게 허락한 두 번째 라이센스.

"민아, 우리 이제 밥 먹자."

"밥?"

"응~ 아침에 이모들에게 말해서 도시락 준비했어."

'히야, 이쁜 짓만 골라하네.'

갑작스럽게 운전면허시험을 보겠다고 얘기했는데 어느새 도시락까지 준비한 예린이.

주행시험까지는 아직 한 시간의 여유가 남아 있는 상황.

"감동인데, 예린아~"

"뭐, 이 정도 가지고~ 나랑 같이 있으면 감동할 일 많을 거야~ 호호호."

정말 마음이 흐뭇했다.

여자가 이 정도 센스가 있다면 그 어떤 누구를 만나도 환영받을 것이다.

며칠 전까지만 해도 갖은 고초를 다 겪으면서도 환영받기는커녕 거지 취급을 받았던 나의 삶.

그러나 지금은 나의 시중을 들고 있는 오성그룹의 막내 아가씨가 옆에 딱 붙어 도시락을 내놓고 있다.

불과 몇 시간을 사이에 두고 지옥에서 천국으로 건너온 상황이 아닐 수 없다.

양 도사의 인자한 얼굴 뒤 감춰진 흉악스러운 성질을 다 받고 지내던 게 바로 얼마 전이었다.

그런데 지금 눈앞에는 알아서 잘 성장해 준 예린이가 앉아 무한 애정을 퍼붓고 있다.

"……."

약간은 미안한 마음이 들었다.

따듯한 예린이의 새카만 눈동자.

빤히 쳐다보는 두 눈 속에 내 모습이 보였다.

'하아.'

그 눈빛을 바라보다 가슴에서 소리없이 한줄기 한숨이 흘러나왔다.

아무리 시간이 흘러도 나에게는 예린이는 친구.

그러나 그녀에게 나는 이미 커다란 의미가 되어 그녀의

눈빛 속에 살고 있었다.

그런 예린이의 마음과 너무 다른 나의 마음.

아직 정해진 것이 아무것도 없다는 것은 달라지지 않았
다.

단 한 번도 나에게 허락된 적이 없는 삶에서의 여행.

그것은 나를 보살펴 줄 부모님이 없어서였기도 하지만
가장 큰 이유는 양 도사였다.

나의 두 날개를 뒤로 묶어 옴짝달싹도 하지 못하게 했던
양 도사.

이제 겨우 두 날개를 펴고 창공을 날기 위해 비상을 꿈꾸
고 있는 나.

멈추고 싶지 않았다.

예린이는 나와 다른 삶을 살았다.

그리고 나보다 청춘이 주는 열병을 먼저 앓고 있는지도
모른다.

그런 게 아니었다면 겁도 없이 주소도 없는 설악산까지
나를 찾아왔을 리 없다.

'미안하다, 예린아.'

나를 향해 따뜻한 시선을 보내는 예린이에게 호응하지
못함이 안타까웠다.

정해진 것이 아무것도 없는 나의 미래.

내 힘으로 설계하고 싶은 삶에 대한 기대만으로도 나의
피는 끓고 있었다.

아직은 어디에도 안착할 수 없는 청춘의 방랑자일 뿐.

후회없는 이십대를 만들고 싶었다.

"민아, 미안해 안 해도 돼……. 아프니까 사랑하는 거
야."

움찔.

순간 심장이 떨렸다.

맑은 눈동자를 껌뻑이며 내 마음을 읽어내고 있는 예린
이.

'아프니까… 사랑한다고?'

쉽게 이해가 되지 않았지만 많은 의미가 함축되어 있는
말 같았다.

언뜻 말장난처럼 들리기도 하는 예린이의 말.

피부에 와 닿지는 않았다.

그건 나의 경험이 아니기 때문일 것이다.

아픈 걸 알면서도 사랑한다는 말인가?

그리고 그 아픈 것을 경험함으로서 진정한 사랑을 느낀
다는 뜻?

나는 예린이에게는 미안했지만 단비에 대한 나의 마음을
들여다보았다.

직접 심장을 에이는 듯한 통증으로 느끼지 않는다면 그 누구의 사랑도 이해할 수 없을 것이다.

예린이가 말하는 사랑의 아픔이 어떤 건지 나는 어렴풋이 짐작할 뿐이었다.

당장 눈앞의 욕망을 채우기보다 순수한 감정을 지켜내고 있는 듯한 느낌.

그녀가 말하는 사랑은 사람이 사람에게 갖는 지고지순한 감정 같아 보였다.

나도 알고 있는 나에 대한 그녀의 열정.

겨우 스무 살의 예린이가 혼자 감당하고 있는 감정.

마음만 먹는다면 모든 것을 손에 쥘 수 있을 만큼 다 갖춘 집안에서 태어난 여인.

아쉬울 것 없는 그런 사람이 나를 향한 감정 때문에 말도 안 되게 힘든 순간을 견디게 될지도 몰랐다.

그녀가 스스로 생각하는 나에 대한 사랑을 잘 버텨내기를 바랄 뿐이다.

나에게 있어서는 성자와 성녀의 무한한 자비심에 가까운 사랑과 전혀 다를 바 없는 예린이의 마음.

지금으로서는 그녀가 그 사랑을 다른 사람이 아닌 나에게 온전히 집중시키고 있음에 감사할 뿐이었다.

나에게 전해지고 있는 그 에너지의 힘에 내 영혼이 파르르 반응하고 있었다.

"괜찮지?"

"뭐, 뭐가?"

"내가 너 좋아하는 거……."

상대방의 마음도 물어봐 가며 자신의 감정을 확인해야 하는 예린이의 입장.

'예린아……'

전혀 생각지 못한 장소에서 듣게 된 고백이 아닐 수 없다.

"고맙다, 예린아. 넌 세상에게 나에게 최고의 베프야."

"응?"

"하하하, 이거 오늘의 기록엔 천하의 유예린 양께서 이강민에게 고백한 걸 적어둬야겠는데."

나는 미안한 마음에 괜히 싱거운 웃음을 터뜨렸다.

"피이~ 고마운 줄 알아~ 우리 엄마가 그러는데 나랑 결혼하고 싶어서 세계 각국 왕자들도 줄을 섰대~"

"레알? 오~ 나 완전 긴장해야겠는데."

차라리 이런 예린이의 말이 더 현실적이었다.

충분히 그러고도 남을 입장.

오성그룹 자체만 두고 봐도 이제는 번듯한 세계적 대기업.

결혼이란 것이 국경을 넘은 지 오래.

그만큼 기업 간의 혼사 얘기가 세계적 기업 간에 오가는 거래가 되는 것도 무리는 아니다.

"호호호, 기분은 좋지만 너와는 안 어울리는 행동이야~ 믿지도 않고 말이야."

"왜 그렇게 생각해? 정말이라니까."

예린이는 양손을 허리춤에 대고 폼을 잡고 나를 정면으로 돌아보았다.

"네가 정말 나에게 그렇게 대시했다면 매력 떨어졌을 거야. 지난 삼 년 동안 소문 쫙 퍼져서 얼마나 피곤했는지 알아?"

"……?"

그러더니 한 손으로 귀밑머리를 치며 나름 요염한 눈빛을 띠었다.

"사실 내가 좀 되야지~ 얼굴 돼, 몸매도 이 정도면 퍼팩트하지~ 그리고 성격은 또 얼마나 죽이게~"

"……."

나는 입을 다물고 예린이의 계속되는 행동을 지켜보았다.

"어머 너 표정이 왜 그래?"

"내가 뭐~ 아무렇지도 않는데… 계속해."

"흠흠, 가장 중요한 건 우리 아빠가 또 돈을 잘 벌잖아~ 노리는 늑대들이 한둘이 아니었다니까."

그래, 이 말은 제대로 맞는 말이다.

유병철 회장을 모르는 사람은 거의 없을 테니까 부유층에 들고 싶어 안달이 난 사람이라면 예린이를 노리는 것도 당연할 것이다.

오성그룹 총수 정도라면 사람으로 태어나 누릴 수 있는 물질의 끝은 이미 점을 찍었다고 해도 무방할 것이다.

"다른 건 다 인정하겠는데… 성격은 좀…….."

"뭐! 성격이 뭐~! 요즘 같은 세상에 일편단심 민들레 순정 꽃피우는 정신으로 똘똘 뭉친 내 성격은 하늘과 땅이 보장한다고! 강민 너만 빼고 말이야."

그새 발끈하고 얼굴을 붉히는 예린이.

'귀여운 녀석…….'

이런 버럭 성격이 또 예린이의 장점이었다.

자칫 가라앉을 수 있는 분위기도 금세 반전시켜 버리는 쿨한 성격.

속은 그렇지 않을 텐데도 섣불리 내색하지 않았다.

"하하, 알았다~ 예린이 네 성격 정말 끝내줘~"

"비웃는 거야?"

"노우~!"

"호호, 고마워. 칭찬이라면 다 땡큐야~"

단순한 백치미적 매력도 풀풀 풍기는 유예린.

그녀 덕분에 내 탈출기는 지금까지 행복 지수 100프로다.

"배고프다~ 밥 먹자."

"응~ 알았어."

그 누구보다도 편하고 즐거운 예린이와의 말싸움.

물론 내가 누구에게 질 말발은 아니지만 이쯤에서 지는 게 이기는 것.

예린이와 나는 주차장 쪽으로 걸음을 옮겼다.

왠지 좋은 일만 생길 것 같은 오늘.

봄기운 가득한 햇살이 눈부시게 쏟아졌다.

다시 만난 인연.

언제 또 어떻게 헤어질지 모르지만 그 순간까지 오직 따뜻한 추억만이 함께하기를 진정으로 바랐다.

제7장
거룩하고 찬란한 새 희망

마스터K

"드디어 걸렸군. 이 개~ 노무 새끼!"

으드득.

강남 대로 역세권에 위치한 훈세 빌딩.

4층 사장실에서 걸걸한 목소리가 새어 나왔다.

사체업자로 악명을 떨친 바 있던 김대철이 전화 한 통을 받고 열을 올리고 있었다.

명색은 기업체 행세를 하고 있었지만 까놓고 보면 깡패 조직인 다산파.

회장이라는 명함을 파 들고 다니는 우두머리 당철용으로

부터 걸려온 전화를 받았다.

삼 년 전 귀신같이 모습을 감췄던 피라미 한 마리가 다시 모습을 보였다는 소식.

그것도 오성그룹 울타리 안에서 놀고 있다고 했다.

"가~ 앙민! 내 이놈의 사지를……."

김대철은 결코 그날의 일을 잊을 수 없었다.

뼈에 새기고 살아온 시간 삼 년.

자신에게 해를 가한 자는 지옥까지 쫓아가서 열 배, 스무 배로 되갚아주어야 직성이 풀리는 것이 김대철의 성질이다.

단 한 순간도 날카롭게 선 촉수를 접은 적이 없었다.

특별히 당철용에게 부탁까지 해놓은 사건.

놈의 행방을 알게 되는 즉시 연락 줄 것을 당부해 놓은 상태였는데 그 소식이 드디어 온 것이다.

놈의 몸뚱이를 포 뜰 때 동석하게 해달라는 것까지 당부해 두었던 만큼 신경을 바짝 쓰고 있던 일이었다.

"사기꾼 영감탱이들! 이번에는 모조리 쓸어버리고 말겠어."

김대철이 이렇게까지 더 열을 올리며 강민의 뒤를 쫓는 데는 그만한 이유가 있었다.

아들 김민석을 치료하기 위해 수소문해 모신 큰도사.

그 작자가 강민의 스승이라는 소문을 들었다.

정확한 정황을 확인한 것은 아니지만 달수파가 당하던 날 나타났다던 도사의 인상착의가 그날 밤 집을 나섰던 도사들의 행색과 거의 일치한다는 사실이다.

그렇다면 그 영감탱이들이 강민과 무관하지 않다는 것.

"이것들이 나를 상대로 짜고 치는 고스톱 판을 열어? 내 피 같은 돈을……. 으으으."

아들놈 목숨을 가지고 장난 친 것도 모자라서 김대철이 피 같이 모은 돈을 빼갔다.

김대철은 진실이 어떻든 간에 상관없었다.

중요한 것은 아들을 반병신으로 만들었던 놈과 두 눈 빤히 뜨고 자신의 집까지 들어와 사기 행각을 벌인 후 돈을 갈취해 간 작당들이 한 패거리라는 것이다.

"다 죽여 버리겠어!"

삼 년을 눌러 참았던 분노가 이글이글 심장을 뜨겁게 달구고 있었다.

제대로 두 눈을 감고 편안하게 잠들어본 게 언제인지 기억도 나지 않았다.

세상에 나서 이렇게 원통하고 억울했던 적이 없다.

두 눈을 멀쩡하게 뜨고 앉은 자리에서 당한 십억 단위가 넘는 사기.

아끼던 아들놈의 위태로운 생명 앞에서 지금까지 꿈꿔
왔던 정치 인생마저 접어야 했다.

억울한 것으로 치자면 한두 가지가 아닌 상황.

그것도 어린놈에게 당한 수모와 모멸감까지 떠올리자면
사지를 찢어 죽여도 성에 차지 않을 지경이다.

그런데 김민석의 사지를 낫게 해준 사기꾼 도사까지 그
놈과 연루되어 있다는 것이 사실이라면 김대철이 느끼는
분노와 수치심은 한층 더할 게 빤한 상황.

생각에 꼬리를 무는 자존심 상하는 일들의 연속이 김대
철을 악의 끝으로 몰고 가고 있었다.

띠띠딕

김대철은 손에 들고 있던 대포폰의 다이얼을 눌렀다.

비밀리에 지시할 일들이 있을 때만 쓰는 전화기.

띠이이 띠이이 띠이이.

오래전부터 사용하던 핸드폰은 지금은 쓰지 않는 구형
모델이다.

"찾으셨습니까, 사장님."

약간은 긴장한 듯한 음색의 남자 목소리가 휴대전화 너
머를 통해 들려왔다.

"정 사장, 놈이 나타났다는군."

"네? 정말이십니까?"

김대철 사장이 신임하고 있는 살인청부업자를 중개하는 정 사장.

의뢰 받은 사건이 실패하면서 근 삼 년 동안 몸을 낮추고 숨을 죽인 채 지내오고 있었다.

국내에서 활동하기 위해서는 김대철 사장 눈 밖에 나면 절대 안 되었다.

김대철이 갖고 있는 영향력을 무시할 수 없는 정 사장.

더구나 청부 의뢰 중 한 건이라도 실패했다는 소문이 돌게 되면 밥줄 끊기는 것은 시간문제.

김대철 사장의 전화를 받을 때는 청부 의뢰가 아니어도 긴장을 늦출 수 없었다.

다행히 청부 실패 소문을 접했음에도 김대철 사장이 기회를 한 번 더 주었다.

이는 중개업자 정 사장이 무릎을 꿇고 싹싹 빌었기 때문.

그리고 당시 히트맨으로 썼던 하룽이라는 자에게서 연락이 왔었다.

이번에는 반드시 처리할 테니 걱정 말고 놈이 나타나면 알려달라고 했다.

청부 중개업자 정 사장 수준 정도의 업자들 사이에서도 인정받는 홍콩 살수들이 나선다고 했다.

이 바닥에서는 거의 전설로 통하는 자들로 그중에서도

고위급 고수들이 직접 나선다는 보장을 받아두었다.

"실수가 있어서는 안 돼! 확실하다고 했으니 이번에는 깔끔하게 처리해!"

"예, 알겠습니다."

"어쨌든 기회를 한 번 더 줘보는 것이니만큼 기대해 보겠네."

"네, 그 새끼 지금 어디에 있습니까?"

"오성그룹 회장 저택 울타리 안에 있다더군."

"네에?! 오, 오성그룹요!"

이 업계에서는 알아주는 청부 중개업자인 정 사장.

아무리 무서운 것이 없는 정 사장이라 해도 오성그룹을 어찌할 수 있는 입장은 아니었다.

기껏 노는 바닥이라고 해봐야 그간 중소기업 정도와 돈 많은 졸부를 상대해 왔다.

조금 더 낮춰 가끔 각종 이권이 개입된 사건에 깡패들을 대신해 처리에 나선 것이 그간의 업적.

일이 이 정도로 커질 것을 미리 알았다면 아무리 김대철 사장의 의뢰였다 해도 거절했을 것이다.

삼 년 전 홍콩에서 나름 잘나가는 놈에게 맡겼는데 아구창이 털려서 본국으로 돌아간 상황.

강민의 행적을 확인한 정 사장의 입이 썼다.

청부 대금에 실패 위약금까지 두 배로 정산해 받았지만 돈이 문제가 아니었다.

뭔가 기분이 좋지 않다.

알 수 없는 꺼림칙한 기운이 온몸을 엄습했다.

잘해도 본전을 건질 수 있을지 장담할 수 없는 상황.

그렇다고 물러날 수도 없는 입장이다.

지금 이 순간 이 바닥 은퇴를 선언한다 해도 일을 마무리하지 못 하면 되레 역청부를 당할 수도 있는 처지다.

서로 상부상조하던 때는 돌아서는 순간 없던 일이 되었다.

증거인멸을 위해 그 무엇이 되었든 가차 없이 제거해 버리는 게 이 바닥 생리였다.

더러 청부 중개인들이 소리 소문 없이 사라진 경우가 있었다.

"왜, 자신없나?"

"아, 아닙니다…….."

낌새를 챈 듯 은근히 물어오는 김대철 사장.

심장이 떨리는 것을 애써 진정시키며 정 사장은 담담한 목소리로 대답했다.

오성그룹을 자칫 잘못 건드리게 되면 정 사장 한 사람에게서 사건이 마무리 되지 않는다.

대한민국 정치권과 검경의 표적이 되는 것은 기본.

　오성그룹에서 갖고 있는 자체 경호원만 해도 우수한 인재들로 채워져 있었다.

　흔쾌히 대답한다는 게 쉽지 않았다.

　그러나 다른 선택의 여지가 없는 정 사장의 입장.

　홍콩 살수들의 실력을 믿어보는 수밖에 달리 방법이 없다.

　어차피 이번 일은 그들의 몫.

　"오래 걸리지 않았으면 좋겠네. 어렵다면 내 방식대로 처리할 수밖에 없지."

　"…알겠습니다."

　과거 사채업자들 중에서도 극악하기로 악명을 떨친 전적이 있는 김대철.

　그가 어떤 자인지 정 사장은 너무 잘 알고 있었다.

　정 사장이 김대철과 연결돼 그의 청부 의뢰를 받아 몇 건 성사시킨 일이 있다.

　"그럼 기다리지."

　뚝.

　자신의 할 말만 하고 끊어버리는 김대철.

　정 사장의 입장이 어떤 처지인지 빤히 꿰뚫어 보고 있는 눈치 빠른 위인이다.

"강민, 곧 보자고……."

지금 당장에라도 눈앞에 잡아다 놓으면 살점을 한 점씩 직접 바르고도 남을 심정이었다.

그때 이후 의기소침해진 둘째 아들 김민석.

이전의 활기 넘치고 자신만만하던 아들의 모습을 볼 수 없게 된 지 어언 삼 년.

생기가 가득 찼던 두 눈은 온데간데없고 주변을 두리번거리며 공포에 떠는 모습을 자주 목격했다.

한때 정신과 치료를 받아가며 시간을 보냈고 이제야 겨우 회복이 되었다.

대학도 거금을 써서 겨우 입학시켰다.

그리고 오늘에 와서야 예전에 보였던 활기를 보이기 시작한 아들.

스포츠카 한 대를 뽑아준 후로는 재계의 잘나가는 그룹 3세들과 뭉쳐 다녔다.

그 모습을 본 지 불과 얼마 되지 않았다.

이후 본격적으로 후계자 수업을 받기 시작한 아들.

대신 김대철로서는 또 다른 고민거리를 안게 되기도 했다.

요즘 들어 부쩍 몸이 무거워지는 게 이상한 기운이 감지되고 있었다.

지금까지 자신의 청춘을 고스란히 쏟아부어 이룬 부를 허망하게 잃어버리고 싶지 않은 마음이 간절했다.

그래서 더욱더 아들 김민석에게 모든 걸 걸었다.

어렸을 때부터 싹수가 보였던 둘째 아들.

세상 사람들은 어린놈이 눈치 빠르고 약삭빠르다고 욕을 할지 모르지만 김대철 입장에서는 후계를 잇기 적당한 최적의 인물로 보였다.

몇 년 전과 확연히 달라진 점이 하나 있었다.

이제는 몸을 사려 움직일 줄 아는 지혜를 터득한 것이다.

물론 돈을 어떻게 써야 하는지도 체득한 듯했다.

돈이란 것을 제대로 부리지 못하게 되면 반대로 돈이란 놈에게 당하게 되는 것이 이치다.

아들 김민석은 그런 경험을 한 번 한 뒤 몰라보게 돈을 부리는 수단이 늘었다.

사람의 감정을 조종하고 울고 웃게도 하며 살리고 죽이기까지는 하는 힘을 돈은 갖고 있다.

김대철 사장은 자신이 경험한 사채업에 있어 결코 후회해 본 적이 없었다.

또한 분명 사채업으로 돈을 벌기는 했지만 자신이 먼저 돈을 빌려주겠다고 제안한 적 또한 없었다.

모두가 자신들이 어려움에 처하면서 무릎을 꿇고 눈물

콧물 빼며 사정을 해서 돈을 빌려갔다.

빤히 보이는 그들의 끝.

그러나 정작 당사자들만이 자신들이 처한 입장을 냉정하게 판단하지 못하는 경우가 파다했다.

이미 깨진 독에 물을 부어봤자 소용없는 것이다.

그 진리를 알지 못하는 어리석은 자들의 마지막 선택이 바로 김대철을 찾아오는 일이었다.

정상적인 금융기업들과 김대철의 입장은 다르지 않았다.

제1금융권 이 바닥에서 1차 먹이사슬의 관계에 있었다.

그런 1차 먹이사슬에 이상이 생겨 돈줄이 막힌 다음에라야 최종 먹이사슬의 위치에 있는 김대철 같은 자들에게 기회가 왔다.

이는 누가 봐도 정당한 계약관계에 의해 이행되었다.

상황은 종국으로 치닫고 있지만 이미 이성적인 판단력이 흐려질 대로 흐려진 채무자들.

자신이 망해가고 있다는 사실을 피부로 느끼지 못했고 또한 느꼈다 하더라도 그것을 받아들이지 못하고 거부했다.

당장 필요한 돈만 밀어준다면 어떤 내용의 계약이든 상관하지 않았고 관심도 없었다.

바로 눈앞에 불만 끄면 모든 것이 해결될 것 같은 착각에 사로잡히는 것이다.

물론 나중에서야 사건이 터지고 나면 그들은 발뺌을 한다.

화장실 들어갈 때와 나올 때가 다르다는 말처럼 말이다.

그들 스스로의 선택에 대한 책임을 회피하기에 급급해지는 것이다.

간혹 늙은 부모나 어린 자식들을 내밀며 거지 근성을 발휘해 바짓가랑이를 잡고 애원하는 경우도 있었다.

또는 곧 사업이 잘될 거라는 터무니없는 거짓말로 순간을 모면하기 위해 갖은 이유를 늘어놓았다.

사업이 잘된다는 말은 스스로 현실을 인정하지 못하는데서 오는 위안거리 정도.

애초 운명이 잘 풀릴 일이었다면 김대철을 찾아올 일도 없었을 것이다.

사업에 실패해 돈을 빌리러 오는 사람들을 보면 대부분 왜 그렇게 되었는지 답이 보였다.

그들은 멍청하게 말도 안 되는 목에다 어처구니없는 물품 판매 숍을 개업하거나 공장을 돌렸다.

충분한 경험 없이 막연하게 사업이란 것을 시작한 이들.

일 년을 버티는 동안 50프로, 삼십 년을 버티는 동안 80프로.

그리고 오 년을 버티는 동안 90프로가 망해 넘어졌다.

그중에서 운이 좋아 사업을 계속해서 운영하는 행운을 안은 자들은 10프로 정도.

그들만이 생존해 김대철의 손아귀에서 벗어나거나 아예 김대철 같은 이들을 상대하지도 않았다.

김대철 사장의 사업이 대박운을 탄 것은 IMF 때였다.

다른 사채업자들과 달리 노선을 잡았던 김대철.

그것은 부동산과 동산에 대한 권리 관계를 명확하게 파악하고 유리하게 법률적 조치를 취한 상태에서 대출을 진행한 것이다.

사채업 같은 밑바닥 업종에서 젊을 시절을 보낸 김대철은 미래를 예감하고 발 빠르게 움직였다.

김대철이 예상했던 것처럼 갑작스럽게 돈줄이 막힌 사업자들의 주식이나 부동산 등이 헐값에 쏟아지기 시작했다.

어느 정도 자금을 확보해 두었던 김대철은 그것들을 헐값에 인수했다.

그만큼 준비를 하고 뛰어든 사업.

우량 물건만 손을 댔기 때문에 다른 업자들과 비교할 수 없을 만큼 엄청난 이득을 남겼다.

그때 그렇게 거저주웠던 주식과 부동산 등이 현재 김대철이 누리고 있는 부의 초석이 되어주었다.

물론 잠깐 불이 붙은 욕심 때문에 조직 간의 알력에 휩싸여 명동에서 쫓겨나는 결과를 초래하긴 했다.

그러나 세상에 알려지지 않은 엄청난 금액의 현금, 무기명 채권, 금괴 등을 지금도 보유하고 있었다.

적정선을 지켜 적당히만 욕심을 부린다면 몇 대가 먹고 살 수 있을 만큼의 엄청난 재화.

돈이 돈을 불러들이는 원리를 정확하게 알고 있는 자가 바로 김대철이었다.

그것이 바로 돈이 갖고 있는 법칙.

김대철은 손에 돈을 쥐고 절대 손해 보는 장사에는 손을 대지 않았다.

그 어린 살쾡이 새끼와 사기꾼 도사 영감탱이들을 만나기 전까지 말이다.

"그래도 명줄은 긴 놈이 아닌 게야. 이렇게 노리는 놈이 많아서야……. 흐흐."

서로들 피하고 있지만 알게 모르게 조직에 퍼져 있는 자존심 싸움.

어린놈이 얼마나 미꾸라지처럼 조직 세계를 휘저어놓았는지 놈을 노리는 냄새가 사방에서 풍겼다.

아마 대한민국에서 발 빼고 편히 잘 수 없는 놈 중 강민이 대표적인 인물일 것이다.

제아무리 오성그룹 할애비와 인연이 있다 해도 어쩔 수 없는 현실.

사방에서 물어뜯기 위해 이빨을 드러내고 있는 승냥이 떼를 피할 수는 없을 것이다.

설사 하늘을 날았다는 도사 영감의 새끼 도사라 해도 말이다.

"전방에서 좌회전입니다."

깜빡깜빡.

자동으로 손이 가서 방향 지시등을 작동했다.

스르륵.

투르르 투르르르.

네비게이션 안내 음성에 따라 기계적으로 핸들이 좌측으로 돌려졌다.

그 순간 1톤 트럭 특유의 둔탁한 디젤 차량 진동이 온몸에 전해져 왔다.

'나 정말 천재인가 봐. 흐흐.'

이십 년 인생 중 자동차라는 문명의 이기를 오늘 처음 작동하게 된 것.

그럼에도 수십 년 동안 조작했던 베테랑처럼 자동차를 부드럽게 다루고 있었다.

보통면허를 신청해 클러치를 조작해 기어를 변속해야 했다.

그러나 나는 반 클러치까지 사용해 가며 시동을 꺼뜨리지 않고 주행을 했다.

토요일 오후의 서울 시내.

예상했던 것처럼 대로는 상당이 정체돼 있는 상황이었다.

과속할 필요도 없이 주행 시험은 순조롭게 진행되었다.

조수석에 앉아 주행시험 감독을 하는 나이가 지긋한 시험관.

발전한 대한민국의 수준을 보여주는 듯 태블릿을 들고 그 자리에서 나의 점수를 매기고 있었다.

"운전면허 취소됐다가 다시 따는가 봅니다. 운전이 아주 능숙해요."

트럭에 막 탈 때 몇 가지 주의사항을 주고 입을 내내 다물고 있던 시험관.

주행 구간이 거의 끝나가자 나의 주행 태도에 칭찬을 아끼지 않았다.

시험관의 눈에도 완벽하게 트럭과 내가 혼연일체가 되어 보였던 것이다.

마치 내가 차인지 차가 나인지 분간이 되지 않을 정도

였다.

덜컹거림이나 급브레이크 한 번 밟지 않고 중형 세단을 운전하고 있는 듯한 착각이 들었다.

"아닙니다. 처음 따는 운전면허입니다."

"그래요? 이 정도면 베테랑급인데… 면허 학원에서 주행 시험을 오래 탔나 보군요."

아무래도 믿기지 않는 듯 이런저런 짐작을 하는 시험관.

"아니요. 차도 처음 운전해 보는 겁니다. 필기시험은 아침에 합격했구요."

"헛! 처, 처음요?"

'사람 말을 왜 못 믿으세요.'

오버스러울 정도로 화들짝 놀라는 시험관 아저씨.

그 바람에 들고 있던 태블릿을 떨어뜨릴 뻔했다.

"운전 잘하죠?"

"그, 그렇네요."

대답은 그렇게 하면서 은근슬쩍 안전벨트를 한 번 확인했다.

"목적지 주변에 다 왔습니다. 우회전하십시오."

베스트 드라이버 못지않은 운전 실력을 자랑하는 동안 주행시험 구간이 마무리됐다.

"민아!"

시험장 입구 쪽으로 차머리를 돌릴 때 낯익은 목소리.

저 멀리 입구에 서서 손을 흔들고 있는 예린이.

망부석 원조라도 되는 듯 오매불망 나만을 기다린 사람처럼 큰소리로 나를 부르고 있었다.

갈갈 드르르륵.

운전면허 시험장에 들어서면서 힘이 딸려하는 1톤 트럭.

그간 이 트럭을 가지고 운전면허증을 취득해 간 사람이 얼마나 많았었는지 짐작이 되고도 남았다.

낡을 대로 낡은 차체.

털컹 소리에 차체가 내려앉을 것처럼 생긴 트럭을 끌고 운전면허 취득 신공을 펼쳤다.

시험관이 들고 다니던 태블릿과는 어울리지 않는 자동차 상태였다.

끼이이익.

주차 선에 바퀴가 닿게 정확히 브레이크를 밟았다.

그륵.

딸깍.

사이드 브레이크를 채우고 안전벨트를 풀었다.

"축하합니다. 합격이에요."

누가 봐도 당연한 결과.

주행이 다 끝나갈 무렵에야 긴장을 하던 시험관이 웃으

며 합격을 말했다.

"감사합니다~"

"하하, 내가 이 일만 몇 십 년을 하는데 청년처럼 운전 잘하는 사람 처음이오. 그것도 강남 운전면허 시험장에서 당일로 운전면허 취득까지 한 것은 몇 년 만에 처음 보고 말이오."

"다 시험관님 덕분입니다~"

'국가가 인정하는 자격증 획득이다!'

사실 오늘의 결과는 모두 예린이 덕분이었다.

나에게 있어 하늘이 정해준 인덕이 아닐 수 없다.

복덩이도 이런 복덩이가 없었다.

"앞으로도 운전 조심해서 잘하세요. 자동차나 인생이나 운전을 잘해야 합니다. 매사 조심조심 몰아야 하니까요."

축하 덕담을 건네는 시험관 아저씨.

역시 연륜에서 묻어나는 충고가 아닐 수 없다.

"감사합니다. 명심하겠습니다. 그럼……."

처음 만난 사람들과의 인연도 역시 예사로운 것은 없었다.

어디서든 세상을 살아갈 수 있는 지혜를 터득하기란 쉽다.

스치는 사람에 불과할 나 같은 사람에게까지 마음을 써

주는 시험관 아저씨 같은 분이 많다.

말 한마디를 건네더라도 진심을 담아 에너지를 전달해주는 사람들.

이런 분들이야말로 세상 속에서 살아 있는 구도자들 역할을 하고 있는 진정한 도사일 것이다.

자신들만 특출한 줄 알고 말을 거창하게 해서 그렇지 구도자가 달리 구도자이겠는가.

이렇듯 타인을 배려하는 마음과 따뜻한 정을 나눌 수 있는 이들.

나 같은 외로운 사람들을 세상에 살게 하는, 긍정 에너지를 나눠주는 사람들이 바로 구도자란 생각이 들었다.

딸깍.

"민아!!!"

트럭 운전석에서 내리자 어느새 입구에서 주차장까지 뛰다시피 다가온 예린이.

"예린아~"

"어, 어떻게 됐어?"

아직 정확한 상황을 모르는 예린이가 긴장한 표정으로 나를 보며 급히 물었다.

"휴, 시험이 정말……."

낮은 울타리 펜스를 가운데 두고 예린이를 마주보며 나

는 길게 한숨을 내쉬었다.

　모르는 사람이 보면 딱 낙방한 사람의 모습.

　"괘, 괜찮아. 다음에 또 보면 되잖아. 오늘 기능까지 합격
한 것도 대단한 걸~"

　지레 짐작하고 나를 위로하고 나서는 예린이.

　격려를 아끼지 않았다.

　씨익.

　"이렇게 쉬워도 되는 거야?"

　"……???"

　나의 입가에 번지는 미소를 보고도 아직 분위기를 파악
하지 못하는 예린이.

　"하하하, 합격이야! 그것도 쓰리 코스 모두 다 100점 만
점이야."

　"정말! 역시 민이야!"

　와락.

　'엥?

　함박웃음을 지으며 기뻐 뛰더니 갑자기 품에 와락 안겨
들었다.

　그 순간 느껴지는 성숙한 여인의 말랑말랑한 감촉.

　예린이가 이럴 때마다 갑작스럽게 특별 보너스를 받는
것 같아 정신이 몽롱해졌다.

"정말 대단해, 민이 넌 처음부터 특별했어."

주변 시선은 아랑곳하지 않았다.

아예 넓은 나의 가슴팍에 얼굴을 묻고 고백 아닌 고백까지 했다.

'예린아, 난 네가 이렇게까지 될지 몰랐다~'

삼 년 전 예린이를 더 이상 떠올릴 수가 없었다.

아무리 삼 년이 지났어도 성장 촉진제를 맞지 않고 이 물컹물컹한 촉감이 가능하다는 것을 어떻게 상상할 수 있었겠는가.

그러나 가감없이 증명하고 있는 예린이의 성숙한 모습.

"영화 찍어?"

"참나, 세상 참 좋아졌어. 주변에 사람이 있으나 없으나 저 난리들이니."

"저 사람 모델 아냐? 어디서 본 것 같은데······."

"운전면허 땄다고 저렇게 포옹해 주는 거야? 씨알··· 나도 오늘 땄는데."

뒤통수가 따끔따끔할 정도의 시선들이 쏟아졌다.

물론 부러움과 질투 섞인 남성들의 눈빛은 더욱 따가웠다.

'상관없어. 오늘부터 난 정식으로 도로의 유법자가 되는 거야.'

운전을 할 수 있는 자격이 얻은 것만으로도 마음이 넉넉해지는 것을 느꼈다.

성인이면 거의 모든 사람이 소지하고 있는 운전면허증.

그들 속에 섞이는 이 기분은 뿌듯하기 이루 말할 수 없었다.

초등학교 졸업에 중학교 검정고시 패스.

게다가 고등학교 중퇴생인 나에게 허락된 대한민국 정식 거주자의 증명서와 다르지 않은 면허증.

'차를 한 대 뽑을까? 아니면……'

퍼뜩 섬광처럼 스치는 생각 하나.

예린이 집 주차장에 파킹돼 있던 여러 대의 자동차.

그것들 모두 고급 외제차였다.

'쩝쩝.'

절로 입맛이 다셔졌다.

설악산에서 갓 탈출한 내가 수중에 갖고 있는 것이 아무것도 없었다.

장씨 아저씨 집 옥탑방에 꿍쳐놓은 삼 년 묵은 돈 1억 원 정도가 나의 전 재산.

'한 번 들러야겠어.'

돈도 돈이었지만 장씨 아저씨 패밀리들이 눈앞에 아른거렸다.

강남에서 불과 몇 개월에 불과했지만 그렇게라도 지낼 수 있었던 것은 모두 장씨 아저씨 덕분이었다.

많은 배려와 관심을 아끼지 않았던 인간적인 분들.

그것을 잊어버렸다면 나는 개민이로 이름을 바꿔야 할 것이다.

"민아~ 기념으로 내 차 한 번 운전해 볼래?"

"네 차를?"

"왜 그래~ 우리 사이에 내 차 니 차가 어딨어~"

참으로 예린이의 입에서 나온 말은 해석하기가 묘한 말이다.

이래서 사람 말은 끝까지 듣고 곰곰이 생각해 보아야 하는 법.

'꿈의 스포츠카를!'

예린이에게 딱 어울리던 빨간색 스포츠카.

람보르기니처럼 초 명품은 아니지만 단단하고 안정성이 뛰어난 차다.

그리고 420마력을 보이는 BMW의 역작.

나 같은 완전 초보자가 몰기에는 엄두도 내지 못할 대단한 명품이다.

"나… 이제 면허 땄어."

"뭐 어때? 누구나 운전으로 종합 보험 다 들어놨어."

아무렇지 않게 차키를 넘기려는 예린이.

여기저기 떠도는 얘기를 주워듣기로 남자들은 차키를 함부로 누구에게 넘기지 않는다고 했다.

간혹 유머를 접하다 보면 마누라는 빌려줘도 자신이 타는 차는 절대 빌려주지 않는 게 남자들 심리라고 한다.

나는 아직 자동차를 소유해 보지 않아서 체감할 수 없는 말이지만 예린이를 보면 여자들은 그렇지 않은 듯하다.

전혀 개의치 않고 운전을 권하고 있다.

'그래, 뭐 사고라도 나면 당장 한 대 더 사겠지.'

돈 몇 억에 쩔쩔맬 그런 집안은 아니었다.

보통 서민들이 지갑에서 만 원짜리를 한 장 꺼내 쓰듯이 오성그룹 사람들은 그 사용하는 단위가 클 뿐.

세상을 상대로 기업을 굴리는 오성의 사람들.

애지중지하는 막내딸의 일인데 그만한 투자에 머뭇거릴 리 없었다.

본래가 사회 환원이네 고용창출이네 하는 고상한 타이틀 뒤에는 늘 속셈이 있게 마련이다.

그것은 우선 내 식구 잘 먹고 잘살자는 심리가 철저하게 깔리게 되는 법.

"그래? 그럼 한 번 몰아볼까?"

"호호! 고마워. 나 남자 친구가 운전하는 차 타보는 게 소원이었어~"

오성그룹의 막내 아가씨씩이나 돼서 꿈 한 번 소박하게 꾸었다.

아버지 유병철 회장은 마음만 먹는다면 비행기도 개인 자가용처럼 쓸 수 있는 사람.

그런 집안의 딸이 겨우 남자 친구가 운전하는 차 타는 게 소원이란다.

'이래서 예린이가 매력적인 거지.'

한국 고등학교 재학 시절에도 결코 티를 내지 않았다.

중소기업의 자재들 정도의 아이들이 잘난 척을 더 했다.

그런 아이들 사이에서 예린이는 평범한 학생에 불과했다.

하긴 중국 진짜 부자들도 전혀 알아볼 수 없을 만큼 평범하다고 했다.

넘치게 가진 자들은 일부러 겉치장을 하거나 과시욕을 보이지 않는다고 하더니 그 말이 일리가 있는 것 같다.

내가 직접 확인하기 전까지는 오성그룹 막내딸인지도 몰랐을 정도였으니까 말이다.

"민아, 가자. 면허증 발급 받아야지."

"오케이!"

나의 이름 두 자가 턱하니 박혀 있을 면허증.

자동으로 합격 처리가 된다고 하니 발급비용만 지불하면 면허증을 받을 수 있다.

'강민, 그동안 참 고생 많았다.'

나는 스스로에게 위로를 아끼지 않았다.

언젠가 양 도사가 그런 말을 한 적이 있다.

아마 그날도 양 도사에게 진탕 당하고 계곡 아래 바위에 앉아 있었을 때였지 싶다.

독하기 이를 데 없는 양 도사도 그날은 나에게 너무했다 싶었던 것 같다.

그래서 위로라고 하는 말이었겠지만 지금까지의 일들을 생각해 보니 일리가 있어 보인다.

말인 즉은 세상에 태어나는 모든 인간은 길흉화복의 시간들을 공평하게 부여받는다고 했다.

그러니 젊어 고생은 사서도 한다는 것이다.

짧게 살다간 이들도 그 시간 속에 행복과 불행이 적당하게 배분되어 있었던 삶을 산 것이라고 한다.

그만큼 인간의 정해진 시간들은 공평하다고 했다.

지금 이 순간 나는 그때 양 도사가 했던 말이 사실이기를 바랐다.

그동안 설악산에서 양 도사와 보낸 시간들은 나에게 있어 고통과 인내의 시간이었다.

물론 양 도사에게 봉사(?)한 시간을 계산해 보면 내 평생에 치러야 할 고난의 시간은 끝났다.

이제 내 앞에 남은 시간은 행복 만땅 인생을 즐길 일만 남은 것이다.

나는 최선을 다해 그 복을 누리고 싶었다.

양 도사가 흘린 말들 중에 꽤 쓸 만한 말들이 많았다.

아주 틀린 말들은 없었다.

그 또한 세상에 나와 내가 직접 확인한 바다.

의심할 여지도 없는 말들.

인류를 구원하기 위해 십자가를 져야 할 만큼 의무가 크지 않다면 내가 겪은 고난은 그간의 시간만으로도 충분하다.

'제시카 샘이 곧 도착한다…….'

나는 손목시계를 확인했다.

그리고 이를 악물었다.

그 누구도 확인해 줄 수 없는 나의 인생.

이제부터 제대로 펼쳐질 것이다.

나의 거룩하고 찬란한 새 희망의 시대가 말이다.

불과 몇 시간 후면 마주하게 될 제시카.

나의 능력을 객관적으로 평가하고 있는 사람이다.

분명 나의 미래를 위한 인연 중 한 사람이 분명하다.

이 역시 운명이 허락해야만 닿을 수 있는 연줄이 아닐 수 없다.

비로소 오늘에 와서야 진정 양 도사와 빠이빠이 할 수 있게 되는 것이다.

몸이 멀어지면 마음도 멀어지는 법.

최대한 설악산과 멀리 떨어져야 나는 자유로울 수 있을 것이다.

양 도사 또한 내가 한국 땅에 없다는 사실을 깨달아야만 나에 대한 미련을 떨칠 수 있을 테고 말이다.

이제야 그 끝이 보이는 질긴 고무신 한 켤레 같은 인연.

운명의 판이 바뀔 카운트다운이 째깍째깍 가까워지고 있었다.

어떤 누구도 상상하지 못할 나의 광명의 시대를 열기 위해서.

제8장
It's my life

덜컹.

기이이이이이.

"도착했습니다. 부사장님."

시차 때문에 안대를 하고 긴 시간 비행기를 탄 제시카 로엘.

로얄그룹 소속 승무원의 비행기가 활주로에 내리자 제시카를 깨웠다.

자주는 아니지만 그래도 몇 달에 한 번 정도는 비행기를 이용하는 제시카 부사장이다.

이미 로얄그룹 내에서 차기 후계자로 지목하고 있는 만큼 그녀를 대하는 직원 한 사람 한 사람의 태도는 깍듯했다.

시간이 지날수록 불경기를 몸소 체감하고 있는 자국민들.

이런 아메리카에서 로얄그룹 정도 되는 대기업 직원으로 근무할 수 있다는 것은 행운이다.

안정적은 수입을 보장받을 수 있다는 것만으로도 그룹 일가 한 사람에게라도 깍듯해야 하는 직원들.

또한 로얄그룹은 자체 경영 시스템을 탄탄하게 구축하고 있어 기본적으로 세워놓은 방침에 어긋나게 운영하는 부분이 전혀 없었다.

예로 타 기업들과 달리 일방적 해고가 존재하지 않았다.

의료비뿐만 아니라 그룹에 근무하는 직원들의 자녀들 학자금까지 지원이 되었다.

그러다 보니 하급 직원부터 상급 직원들에까지 로얄그룹에 대한 충성도는 상상을 초월했다.

"벌써 도착했군요."

자국 공항에서 간단한 입국 수속을 거쳐 대기없이 자가용 비행기로 출발한 제시카.

시차 적응을 위해 와인 한 잔을 마시고 충분한 숙면을 취했다.

본토에도 비행기를 이용해 몇 시간씩 출장을 다녀야 하는 곳도 허다했기에 이 정도 컨디션 조절은 문제되지 않았다.

"짐은 곧바로 말씀하신 호텔로 옮길 예정입니다."

"수고했어요, 로라."

"아닙니다. 부사장님을 모시게 되어 영광입니다."

기장 두 명에 객실 승무원 두 명.

모두가 로얄그룹 소속 직원이다.

자가용 비행기를 이용한 만큼 이들 역시 제시카와 함께 며칠 간 한국에 머물게 되었다.

'아직 연락이 없네.'

시간은 벌써 한국 시각으로 오후 세 시에 가까워졌다.

2시 50분.

로밍한 시간을 확인하는 제시카.

비행 도착 시간이 생각보다 살짝 지체되었지만 여유는 있었다.

공항 밖에는 그룹 소속 직원이 승용차를 대기하고 있을 것이다.

도로가 막히지만 않는다면 곧장 강남까지는 늦지 않게 도착할 수 있다.

"빠르면 며칠, 늦어도 일주일 정도면 일이 마무리될 겁니다. 그동안 휴가들 잘 보내세요."

"네, 부사장님. 감사합니다."

승무원 로라가 기분 좋은 미소로 제시카를 향해 허리를 숙였다.

늘 직원들에 대한 배려를 아끼지 않는 제시카.

그녀를 향한 진심 어린 감사였다.

이 같은 배려는 일반 민간 항공사와 달리 그룹 소속 비행사들과 승무원들에게 허락된 자유 중 하나였다.

물론 다시 본토로 돌아갔다가 다시 픽업을 위해 운행을 해야 하는 경비보다 승무원들의 체류비용이 더 적게 들기도 했다.

그 덕에 얻게 되는 혜택.

그룹에서 보유하고 있는 비행기가 여러 대이다 보니 이런 여유도 주어졌다.

'속전속결로 계약을 체결해야 해.'

제시카는 마음이 조마조마했다.

강민 정도라면 그룹이 기대하고 있는 대형 스타가 될 가능성이 가장 컸다.

한 번 데뷔하게 되면 단번에 우상이 될 만한 상품.

또 제대로 된 상품을 광고하고 그 가치를 한순간 끌어올릴 수 있는 시스템이 구축돼 있는 아메리카 시장.

더구나 스포츠 스타들은 더욱더 각광을 받았다.

아주 어렸을 때부터 히어로 물에 중독돼 있는 자국민들.

어딘가 특별한 구석이 있는 스타들은 언제나 사랑받을 수밖에 없는 환경이다.

그그그그그그그.

조용한 진동음을 내며 주기장으로 인도되는 자가용 비행기.

'삼 년 만이네…….'

한때 전공을 살려 배운 바를 잠시 펼쳐보기 위해 교사로 재직했던 한국 고등학교.

나름 비밀 에이전시 임무까지 띠고 행복한 시간을 보냈었다.

어린 시절을 아버지와 함께 보냈던 대한민국.

제시카의 삶에서 이곳 한국을 떼어놓고 생각할 수 있는 것은 많지 않다.

그중에서도 단연 큰 비중을 차지하는 것.

강민.

처음 마주쳤을 때 이미 제시카의 심장에 강한 영혼의 흔적을 남겼던 남자다.

그는 분명 이제 막 한국 고등학교에 입학한 소년이었지

만 제시카에게는 처음부터 남자로 느껴졌었다.

'결국 모든 게 지나가는 거였어.'

시간은 결코 혼자 흘러가지 않았다.

그를 다시 제시카 앞에 데려다놓고 있었다.

두근두근.

알 수 없는 두근거림이 제시카의 마음을 두들기기 시작했다.

부우우웅! 부우우우우웅!

'키야! 바로 이 기분이야!'

이제 막 손에 쥔 뜨끈뜨끈한 면허증.

몇 번 거절하다 나는 예린의 빨간 스포츠카의 운전대를 잡았다.

예린이를 닮아 통통거리는 매력이 스포츠카에서도 느껴졌다.

강남을 벗어날 때까지는 최대한 예의를 갖춰 녀석과 박자를 맞췄다.

예린이 역시 초보라다 보니 나를 얕보는 듯한 기운이 느껴졌다.

처지를 따져도 나보다 스포츠카가 더 값이 나가는 상황.

무작정 강변북로 쪽으로 방향을 잡고 북쪽을 향해 질주

했다.

토요일 오후 외곽 도로는 적당한 통행량을 보였다.

잘 빠진 뒤태를 자랑하는 빨간 스포츠카는 방책을 뚫고 튀어나가는 젊은 황소처럼 역동적 힘이 느껴졌다.

휘이잉 휘이이잉.

살짝 밟았을 뿐인데 계기판은 가볍게 150을 넘겼다.

옆 차로에 달리고 있던 차량들은 순식간에 휙휙 뒤로 물러났다.

제한 속도 90킬로.

간간이 표지판이 보였지만 개의치 않았다.

나는 본래부터 법 없이도 살아갈 수 있을 만큼 준법을 목숨처럼 지키는 청년.

오늘만큼은 침 좀 뱉고 놀았던 탈법 청년처럼 굴고 싶은 욕구가 마구 샘솟았다.

쿵! 쿵쿵쿵♪ ♬

스피커에서 울리는 굵직한 중저음의 진동.

빠르고 강렬한 비트의 음악.

예린이가 USB에 다운 받아놓은 음악들 중 나의 심장을 가장 떨리게 하는 락을 선택했다.

"It's my life♬!!!"

본조비 형님의 이것은 내 인생이다.

강렬한 비트에 몸을 맡기는 순간 나의 영혼은 고속도로의 무법자처럼 자유로워졌다.

설악산에서 억압당하던 시간들에 대한 보상 같은 느낌.

그간의 처지로 묶였던 나의 모든 것들이 충동적 반란을 일으키는 듯했다.

짧게 친 머리카락들이 쭈뼛쭈뼛 서는 것 같았다.

지난 세월 동안 쌓였던 한과 미성년자로서 당할 수밖에 없었던 고초가 다 날아가길 바랐다.

두구두! 두구두!♬!!

그리고 이어지는 SUM 41의 락 음악.

부우우우우웅!

손바닥에 그대로 옮겨지는 터질 듯한 엔진의 진동.

사자의 울부짖음처럼 들리는 배기음과 섞이면서 마치 뽕한 망아지가 된 기분이 들었다.

나의 피는 음악에 맞춰 끓어올랐다.

그러나 정신줄은 놓지 않았다.

머리통 반쪽의 뇌는 감정으로 끓어올랐지만 두 눈동자는 냉정하게 주변 사물들을 인식했다.

그것도 아주 정확하게.

자동차가 어떤 구조로 움직이고 반응하는지 이미 스캔해 놓은 나.

그만큼 나는 달리는 스포츠카 안에서 빠르게 진화했다.

보통 사람들과 확실히 다른 반응력과 기억력.

그리고 적응력까지 더해져 내가 봐도 엄청난 진화를 거듭하고 있었다.

잠깐 허락된 방종을 즐기고 있었지만 그렇다고 천당행 특급 열차에 오르고 싶은 마음은 없었다.

그것도 다른 사람이 아닌 예린이와 함께.

짧은 순간이었지만 예린이의 스포츠카와 나는 이미 한 몸이 되었음을 충분히 느꼈다.

대부분의 사람들은 느낄 수 없을 것이다.

그러나 생명이 없다고 판단해 버리는 기계도 살아 있다는 사실.

내가 가전제품의 이름을 불러줄 때 그 제품의 수명도 길어진다.

물론 구박을 하면 고장도 잦고 수명도 짧아지는 것은 물론이다.

설악산을 빠져 나와 도주할 때 초보 운전자 예린이에 의해 잠깐 속도를 냈던 스포츠카.

그때 말고는 제대로 달려보지 못한 듯 야생마의 본능이 깨어나고 있었다.

부우우우우우우우웅~!

나는 액셀 위에 올려놓은 발을 깊숙이 밟았다.

엄청난 가속력을 보이며 옆에 달리던 차들을 빠르게 추월하며 돌진했다.

"미, 민아……."

강변북로를 지난 자유로로 접어들었다.

녹색 도로표지판에 찍힌 파주.

넓은 도로로 합류하자 예린이가 떨리는 목소리로 나를 불렀다.

아무리 내가 못하는 것 없는 대단한 인물이라는 것을 입이 닳도록 말하던 예린이지만 부인할 수 없는 사실 하나.

오늘 막 운전면허증을 취득한 운전 쌩초보라는 것은 알고 있을 터였다.

머릿속 한쪽에서 그 사실을 지울 수는 없을 것이다.

안 봐도 훤히 보이는 예린이의 표정.

눈알이 튀어나올 정도의 크기로 눈을 치뜬 채 잔뜩 겁을 먹었다.

나는 태연하게 나를 바라보는 예린이를 돌아보았다.

그리고 크게 소리쳤다.

"왜~!"

클럽에서나 소화할 수 있는 볼륨으로 키워놓은 음악.

강렬한 비트음이 울려 퍼지는 차 안이라 달리 방법이 없었다.

"무, 무서워!"

부우우웅 부우웅!

그 순간 계기판은 180을 찍고 있었다.

단속 카메라를 든 경찰관이라도 있었다면 제대로 딱지를 떼자고 했을 것이다.

고속도로에서 예린이가 밟았던 200킬로에는 미치지 못했지만 절대 빠지지 않는 속도다.

"오늘만 봐줘~!"

신법을 써 설악산 내 바위를 찍고 날다람쥐처럼 뛰어다녔어도 이런 맛은 느끼지 못했다.

왠지 모르게 운전을 하자 피가 뜨겁게 달아오르는 듯한 기분이 들었다.

피부의 털들이 일제히 일어서는 듯한 스피드감.

나의 두 손에 잡힌 핸들을 돌릴 때마다 나와 한 몸처럼 방향을 잡고 질주하는 자동차.

말로 표현하기 힘든 쾌감이 전해졌다.

단연코 이십 년 나의 인생에서 처음 느껴보는 짜릿한 일탈감이다.

잠깐 동안 내가 추월해 온 차량 운전자들은 욕을 바가지로 퍼부을 것이다.

아마 돈지랄 하다 지옥에나 갈 놈이라고 말이다.

"하하 하하하하하하하!"

순식간에 앞에 보이는 차량들이 거의 다 사라졌다.

나의 이성과 상관없이 터져 나오는 광소.

이 순간 미쳤다고 병원에 처넣어도 좋았다.

앞으로도 나의 인생에 있어서는 몇 번 없을 일탈의 순간이 아닐 수 없었다.

콰득.

나는 다시 한 번 있는 힘껏 액셀을 밟았다.

부우우우우우우우우우우웅!

카라라라라라락.

지금까지와는 전혀 다른 엄청난 배기 진동음이 전해졌다.

엔진이 있는 힘을 다 쏟아내는 듯 강한 락 음악을 뚫고 귀를 파고들었다.

쇄애애애애애애앳.

그리고 거칠 것 없는 무한공간을 질주하는 우주선처럼 스포츠카는 도로를 치고 나갔다.

마치 그간 강제로 묶어둔 야생마가 고삐를 풀고 달아나듯 말이다.

"엄마야~!!!"

급기야 비명을 터뜨리는 예린.

"하하 하하하하하하!"

그런 예린이의 행동에도 아랑곳하지 않고 나의 입에서는 시원한 웃음이 연속 터져 나왔다.

어떻게 표현할 수 없는 기쁨.

즐거웠다.

지금까지 나를 규정하고 얽어맸던 고아라는 신분에서도, 미성년자이기 때문에 제약받던 모든 것에서도 탈출하는 기분이었다.

나는 온 힘을 다해 속도의 자유를 즐겼다.

스으윽.

조용하게 열리는 차창.

파라라라라라라라락.

살짝만 내렸을 뿐인데 엄청난 양의 바람이 몰아치며 얼굴을 때렸다.

그리고 한강 하구의 민물과 바닷물 냄새가 절묘하게 섞인 바람 냄새가 코를 파고들었다.

'이대로 동해로 달리고 싶다.'

오랜 시간 동안 설악산 정상에서 먼 동해 바다를 내려다보았었다.

정상에 서서 즐겨 보던 검푸른 동해의 바다.

달리는 방향은 반대였지만 문득 그곳의 바다가 그리웠
다.

짙푸른 동해 바다에 아버지와 어머니가 잠들어 계셨다.

돌아올 수 없는 곳으로 가버린 나의 부모님.

나의 뿌리가 그곳에 잠들어 있다.

내 마음 속의 고향 말이다.

파라라라라락.

살짝 내린 차창으로 세찬 바람이 몰아쳐 들어왔다.

차 안에 놓아둔 몇 장의 영수증이 제멋대로 날렸다.

룸미러에 걸어놓은 장식이 끊어질 듯 흔들리고 머리카락
이 제멋대로 흩날렸다.

"하하 하하하하하하!"

민이가 웃었다.

평소 민이 성격을 알지 못했던 사람이라면 적응할 수 없
었을 것이다.

전혀 모르는 사람의 눈에는 미친 사람처럼 보일 과격한
웃음과 행동.

부우우우웅.

충분한 연료가 공급되자 스포츠카는 쾌속하게 공간을 가
르며 도로 위를 달렸다.

계기판의 숫자는 자꾸 올라가고 있었다.

눈 깜짝할 사이에 추월당하는 차가 많았다.

분명 속도위반은 기본으로 하고 딱지 몇 장은 집으로 날아올 것이다.

딱지를 누가 확인하든 간에 미쳤다는 잔소리는 당연히 듣게 될 게 빤하다.

그러나 예린이는 입을 다물고 잠잠했다.

'민이, 그동안 힘들었구나.'

언제나 쾌활한 모습을 유지했던 강민.

얼굴에서 미소가 떠난 것을 거의 보지 못했다.

삼 년 전 강민을 처음 만났던 그 날도.

엊그제 설악산 산중에서 마주했을 때도.

반 야생 상태의 생활을 하던 모습이었지만 당당하고 힘이 넘쳤었다.

하지만 지금 민이의 모습은 어딘가 조금 달라 보였다.

어느 때보다 큰 소리로 웃고 있는 것은 분명했다.

그러나 민이의 깊숙한 곳에 감춰진 아픔 같은 게 느껴졌다.

마치 겉모습은 단단하고 거친 두꺼운 껍질로 싸여 있지만 그 속은 한없이 여린 속살 같은 강민의 마음이 보이는 것 같았다.

강민의 진짜 모습을 알지 못했다면 미쳐 버렸다고 생각했을지도 모른다.

처음 운전면허증을 발급받은 오늘.

카레이서라도 되는 듯 도로 위를 무법자처럼 달렸다.

평소 강민이 보였던 반듯한 태도 같은 것은 찾아볼 수 없었다.

그러나 예린이에게는 지금 순간의 강민이 좋아 보였다.

한없는 자유를 만끽하고 있는 듯한 모습이다.

민이만의 진심을 처음 느끼는 것 같았다.

'하아.'

예린이는 가벼운 한숨을 쉬며 마음을 진정시켰다.

스윽.

그리고 조심스럽게 강민의 얼굴을 돌아보았다.

'차가워.'

쿵쿵! 쿠구궁 !

차 안을 가득 채운 것은 거친 사운드의 락 음악.

그러나 예린이의 귀를 채우고 있는 것은 들리지 않는 강민의 심장 소리였다.

두 눈에 들어오는 강민의 눈동자는 얼어붙은 겨울 강물처럼 차갑고 시렸다.

입가에 걸린 미소는 차라리 적막강산에서 수도하는 고승

의 것과 같아 보였다.

차는 속도를 짐작할 수 없는 속력으로 내달렸고 주변의 차량들은 형태를 알아보기 어려운 속도로 스쳐 지나갔다.

마치 달리는 차처럼 앞만 보고 달리는 듯한 강민의 모습.

언제라도 이런 속도로 자신의 앞에서 사라져 버릴 것 같은 불안한 기분마저 들었다.

'아파하지 마……. 민아, 내가 있을 거야, 언제나 너의 곁에.'

민이가 말하는 우정이어도 좋았다.

혼자만의 사랑이어도 만족했다.

지금처럼 빠른 속도로 스쳐 지나가 버릴 사랑이어도 예린이는 괜찮다고 생각했다.

아버지가 그랬다.

모든 것은 지나가고 영원히 멈춰지는 것은 없다고 말이다.

본래 사람은 태어날 때부터 영원할 수 없는 존재.

세상에 변하지 않는 것은 아무것도 없다는 것을 늘 강조했던 아버지의 말이 지금 이 순간 예린이의 머릿속을 지배하고 있었다.

예린이는 이대로 시간이 멈춘다면 좋겠다고 생각했다.

하지만 그럴 수 없다는 것을 이미 사춘기 때 알아버린 예린이.

뒤늦게 찾아왔던 첫사랑의 열병과 괴로움이 너무나 생생하게 예린이를 괴롭혔다.

어느 날 매일 볼 수 있었던 강민이 눈앞에서 사라져 버렸다.

그와 함께하지 못하는 날이 길어질수록 예린이의 마음은 황폐해졌다.

그리고 불과 얼마 전.

자신을 괴롭히는 모든 것이 자신이 마음에서 만들어 내고 있는 실체가 없는 것들이라는 것을 깨달았다.

강민에 대한 마음.

보고 싶지만 볼 수 없는 현실.

그 모든 것이 예린이의 감정을 사로잡고 온갖 괴로움들을 불러오고 있었다는 것을.

그렇게 시작된 깊은 사유의 시간들.

아무리 위대한 신이라 해도 아침 이슬처럼 영롱하게 빛났다가 사라져 버린다는 것을 깨달았을 때 강민이 눈앞에 있지 않아도 상관없다는 것을 알았다.

아무리 눈앞에 있다 해도 마음에 담아두지 않으면 없는 것과 같다는 것을 알고 난 뒤 예린이는 자유로워졌다.

강민을 그리워하는 마음 자체가 그를 사랑하고 있다는

것을 증명했고 그 사실만으로도 행복해질 수 있었다.

그렇게 강민을 품은 마음에 최선을 다했다.

언제 어느 순간 사라져 버릴지라도 후회하지 않을 수 있었다.

마음이 흘러가는 방향을 바라보았다.

그리고 그 길로 나섰다.

설악산을 향해 무작정 내달릴 수 있었던 것도 그 마음을 따랐기 때문이다.

예린이는 마음에서 일어나는 것들에 집중했고 행동했다.

그것은 기적 같은 일을 만들어냈다.

정말 강민을 만나게 된 것.

그리고 지금 이 순간의 행복을 얻었다.

문득 예린이는 한껏 속력을 내며 달리는 강민을 보며 생각했다.

민이와 함께라면 이대로 천국행 열차를 탄다 해도 상관없다고 말이다.

행복한 순간 죽음을 맞고 그 순간에 사랑했던 사람과 함께할 수 있다면 그곳이 천국이 아닐까 하는 생각이 들었다.

예린이로서는 더 이상 무엇을 바라고 싶지 않았다.

갑자기 사라져 버린 후 보고 싶어도 볼 수 없었던 시간이 삼 년이었다.

하지만 지금은 그 시간들이 자신을 얼마나 괴롭게 했는지 상관없었다.

한정된 작은 공간 안에 그렇게 그리던 그와 예린이만 있었다.

그의 체취가 고스란히 코끝에 전해졌다.

소유를 떠나 존재 자체만으로도 한 사람의 삶 전체의 의미가 되고 있었다.

예린이에게 강민은 그랬다.

누군가에게 다시 느낄 수 없는 지독하고 깊은 연정이 예린이의 가슴속에 자리 잡아 가고 있었다.

주변에 아무도 없는 강민.

가족도 친구도 없다.

'행복하길 바라. 마음 가는 대로… 살아줘.'

예린이는 진정한 소유가 어떤 것이고 어떻게 하는 것이 상대를 행복하게 하는 것인지 알고 있었다.

두 눈 가득 강민에 대한 애정을 담은 예린이의 눈빛은 축복처럼 강민의 몸을 훑었다.

마치 보이지 않는 신들의 자비로운 사랑처럼 그를 위로하고 있었다.

띠리리리리 띠리리리리.

"……."

이제야 연락이 왔다.

인천 공항에 나와 대기하고 있던 승용차를 타고 막 공항 고속도로를 달리기 시작한 제시카의 핸드폰이 울렸다.

회사에서도 중책을 맡고 있는 제시카.

젊은 사람들이 주로 사용하는 벨소리 따위는 아예 취급도 하지 않았다.

기본으로 제공되는 단조로운 벨소리.

"헬로."

조용하면서도 부드럽게 깔리는 제시카의 음성.

듣기 좋은 음색이 차 안에 울렸다.

"도착하셨습니까?"

"공항을 빠져나와 인천공항도로에서 강남쪽으로 빠지려는 중이에요."

장차 앞으로 미래가 어떻게 펼쳐질지 상상하기 어려울 정도의 상품성을 지닌 고객.

제시카 역시 한국 고등학교 시절은 묻어두는 게 좋다고 생각했다.

한때 사제관계였기도 하지만 아메리카 사고방식에 따르는 제시카.

"그래요? 그럼 기까운 교외에서 만나는 게 어떻습니까?"

언제 들어도 여유가 묻어나는 강민의 목소리다.

"……? 그래요? 그럼 어디로 가면 되죠?"

갑자기 약속 장소가 바뀌는 정도는 상관하지 않았다.

미국에서 강민을 만나기 위해 곧장 비행기에 올랐던 제시카.

연애 상대를 만나러 온 것이 아니었다.

남자들의 퍼스트레이디 매너 따위는 필요 없다.

"파주 헤이리 아십니까?"

"알아요. 거기 잉글리쉬 빌리지 있는 곳이잖아요."

한때 가깝게 지냈던 친구가 헤이리에서 영어 강사로 일했었다.

그때 간간이 그 친구를 만나기 위해 들렀던 곳이 파주 헤이리다.

"네, 그곳에 오시면 됩니다. 게이트 7번으로 오면 커피공장이라는 곳이 있습니다. 도착하면 이 번호로 전화하세요."

"알겠어요. 곧장 그곳으로 갈게요."

마치 절제된 연인 사이처럼 대화를 주고받게 된 두 사람.

"기다리겠습니다."

띠릭.

용건만 주고받은 짧은 통화가 끝났다.

"에릭, 파주 헤이리로 가줘요."

"알겠습니다."

대한민국에 파견된 로얄 썬라이징 에이전시 담당 직원.

대형 에이전시를 운영하고 있었지만 직원들 수는 그렇게 많지 않았다.

본사 직원까지 해서 대략 오십여 명 정도.

전문 분야 파트 소속 인력인 변호사나 자문 위원들은 채용 직원이 아닌 계약이나 파트 타이머로 채워졌다.

오십여 명의 직원은 거의가 서로에 대한 기본 정보를 공유하고 있었다.

본토에서든 타국에서든 하나의 네트워크처럼 움직이는 로얄그룹의 직원들 관리 시스템이다.

'휴대전화가 없다고 했는데… 음.'

오늘 아침까지만 해도 연락할 수 있는 방법이 없었다.

번호도 특이했다.

끝자리가 1111로 끝나는 고급 번호.

'…….'

궁금한 건 휴대전화 번호뿐만이 아니었다.

제시카는 궁금한 마음을 잠시 접어두기로 했다.

시차 적응 차 비행기를 타고 오는 내내 잠을 청해두었지만 살짝 피곤함이 남아 있었다.

분명 미국에서 짐을 챙겨 정각이 되기 전에 출발했다.

총 열 시간이 소요되는 비행시간이었고 한국 시각은 아직 오후 세 시를 살짝 넘기고 있었다.

몸의 피로가 쉽게 가시지 않고 있다.

이대로라면 오늘 밤은 당연히 불면증에 시달리게 될 것이다.

'그럴 바에는… 강민 이제는 가능하잖아, 충분히. 호호.'

제시카는 강민이 어떤 모습으로 변했을지 궁금했다.

괜찮다면 어차피 잠들지 못하고 밤 시간을 보낼 바에야 강민과 뜨겁게 술잔을 기울이고 싶다는 생각을 했다.

'만나보면 알겠지…….'

강민의 변해 있을 모습에 제시카는 기대감이 컸다.

삼 년 전과 달리 이제는 합법적으로 성인이 된 청년.

마음을 나누는 것은 차후 많은 시간이 남아 있으니 문제되지 않았다.

이미 사랑을 나누는 데는 국경도 나이도 걸림돌이 되지 않는다.

다만 그의 마음을 어떻게 열 수 있을까가 문제였다.

띠릭.

"잘 썼어."

"누구야?"

통화를 마치고 예린이에게 휴대전화를 건네주었다.

대화 내용만 들어서는 내가 누구와 무슨 얘기를 나누었는지 전혀 알 길이 없는 상황.

예린이는 무척 궁금한 표정으로 나를 바라보았다.

"이따 보면 알게 돼."

"흐음……."

나름 눈을 껌뻑이며 머리를 굴려보지만 짐작도 못했다.

게다가 대화는 영어로 이루어졌다.

그러다 보니 상대방을 짐작하는 것이 더 힘든 예린이.

분명 설악산에서 삼 년을 썩는 동안 내가 그 누구와의 교류도 없었다는 것은 예린이가 더 잘 알았다.

그랬던 내가 영어권 사람과 통화하는 것을 보았으니 무척 궁금할 것이다.

"내리자."

"응~"

빨간 스포츠카를 타고 자유로를 달린 지 얼마의 시간이 지났다.

어느새 이정표에 잉글리쉬 빌리지가 눈에 들어왔다.

아직 시간이 남아 잉글리쉬 빌리지를 우회해 헤이리로 접어들었다.

예린이도 친구들과 드라이브 겸 이곳에 몇 번 온 적이 있다고 했다.

내가 알기로 헤이리는 일명 예술 마을로 불리고 있었다.

대한민국에서 내로라하는 예술인들이 초창기 모여 마을을 이루기 시작한 집단 거주지다.

헤이리로 접어들자 예술인들의 마을이라기보다 상업적 냄새가 짙게 풍기는 건물들이 눈에 먼저 들어왔다.

딱히 다른 치장을 하지 않은 날것 그대로의 건물들 외관이 범상치 않아 보였다.

예린이 안내로 7번 게이트 쪽 주차장으로 차를 이동해 파킹했다.

주말 오후이니만큼 가족 단위로 나들이를 나온 사람들이 많이 눈에 띄었다.

유모차에 아이를 싣고 나란히 걷는 젊은 부부의 모습이 많았다.

적당한 크기의 주차장 주변으로 넓은 광장이 만들어져 있었다.

아장아장 걷는 아주 작은 아이들부터 달리기를 하는 어린이들까지.

그 모습을 바라보며 뒤를 따라 걷는 엄마 아빠의 모습들이 정답게 다가왔다.

나의 기억 속에 희미하게 남아 있는 부모님과의 추억이 새삼 떠올랐다.

나 역시 저 어린아이들처럼 부모님의 사랑을 받았던 시절이 있었다.

긴 항해를 마치고 아버지가 집으로 돌아오면 그동안 어머니와 나에게 미안했던 마음을 씻으려는 듯 야외 나들이를 나가셨다.

아름다웠던 추억이지만 또 아픈 상처가 되어버린 유년의 시절.

떠올리며 그리워할 수 있는 추억은 아주 짧고 또 흐렸다.

그래서 더 애틋하게 그리워지는 것일까.

"하하."

"호호호."

"아빠~!"

잠깐 시동을 끈 채 차창 밖을 바라보고 있으려니 그들의 행복한 웃음소리들이 나의 감정을 흔들었다.

"민아, 누구… 아는 사람이라도 본 거야?"

여전히 운전대를 쥔 채 멍하니 차창 밖을 바라보는 나에게 예린이가 물었다.

"예린아."

"응. 왜?"

"너도 저럴 때가 있었지?"

"뭐? 어떤 거?"

"저렇게 부모님과 같이 다녔을 거 아냐."

"…아니, 거의 없었어."

예린이는 잠시 침묵 끝에 조용히 대꾸를 했다.

"난 아빠가 바쁘셨잖아. 내 기억에 아빠는 할아버지와 매일 해외 출장을 가시는 모습밖에 없는 것 같아."

일부러 목소리를 밝게 하려고 하는 듯했지만 감춰지지 않는 예린이의 감정이 나의 가슴에 전해지는 것 같았다.

"그게 아니면 회사에서 밤을 새우셨어. 사실 그때나 지금이나 별로 달라진 게 없는 것 같아, 호호."

얼굴에 드리워지는 그늘을 지우려 입가에 환한 미소를 짓는 예린이.

그 모습을 옆에서 바라보고 있자니 마음이 찡했다.

"그랬구나."

"다른 아이들은 내가 부잣집 딸이라고 부러워했는지 모르지만 난 오히려 평범한 엄마 아빠를 둔 아이들이 부러웠으니까……."

사람마다 환경이 다르고 입장이 다르다는 건 이런 걸 두고 하는 말일 것이다.

나 역시 나의 환경과 처지를 먼저 보고 다른 사람들의 입장은 그 이후에 보게 되니까 말이다.

이럴 때 세상은 역시 공평하다는 말이 힘을 얻게 되는 듯했다.

이렇게 말하는 게 맞는지는 모르지만 예린이에게도 나름의 상처가 있었다.

"지금이야 그랬던 아빠를 이해하지. 하지만 초등학교 때까진 얼마나 미웠게~ 엄마는 아빠의 빈자리를 찾아 바깥 모임들에 빠지셨어. 언니나 오빠는 한창 공부할 시기였으니까. 난 혼자 시간을 보내는 날이 많을 수밖에. 도우미분들이 있긴 했지만 그 누구도 나를 어떻게 해주지는 못했어."

나는 말없이 예린이를 그대로 잠시 바라봐 주었다.

나 같지는 않지만 부모님이 계셔도 아무리 돈이 많아도 모든 사람들은 채워지지 않는 빈자리를 하나씩 갖고 사는 것 같았다.

"아쉬워?"

"아니~ 전혀. 그런 부모님 덕분에 지금의 내가 있잖아. 다른 사람들은 오성을 어떻게 생각할지 몰라도 난 할아버지와 아버지를 존경해. 정치가 엉망인 이 나라에서 이 정도 세계적 기업을 이뤘다는 사실은 정말 기적이야."

다시 생기발랄한 모습을 띠는 예린이의 모습이 보기 좋

왔다.

나도 예린이가 말하는 바는 인정했다.

오성그룹이 차지하고 있는 대한민국에서의 입지적 비중은 상상을 초월했다.

임금이나 복지 측면에서도 다른 기업과 비교할 수 없을 만큼 최고의 수준을 자랑하는 오성그룹.

오성그룹에 입사할 수 있게 된 것만으로도 주변의 축하를 한 몸에 받는 게 이 시대를 살아가는 청년들의 모습인 것은 나도 잘 알고 있다.

그리고 내로라하는 인재들이 앞다투어 오성에 입사하기 위해 고군분투하는 이유가 다 있었다.

물론 오성그룹은 다른 기업처럼 노조활동을 인정하지 않음에도 말이다.

하긴 지금 시대가 노동 운동으로 바뀌는 세상은 아니었다.

너무 일찍 터뜨린 샴페인 덕분에 대한민국은 IMF 이후 경제 흐름의 방향이 바뀌었다.

사실상 당시 알짜배기 기업 대다수가 외국기업이나 투기성 자본에 넘어가 버렸다.

근로자들이 데모를 해도 그것을 수용해 줄 만한 힘이 기업에게는 없었다.

또 안정된 정규직이 사회의 건강한 밑받침 역할을 하는 건 분명하다.

그러나 그동안 탈탈 털어먹어 버렸기 때문에 이외 것을 더 요구할 수 없는 처지가 되어 버렸다.

자신들의 배를 채우는 데 우선하는 정치인들을 제대로 뽑아놓지 못한 것은 모든 게 국민들의 탓일 수밖에 없다.

거짓말을 밥 먹듯 하는 이들이 하루 벌어 하루 먹고사는 국민들에게 내가 남이냐는 식의 공약을 펼친다.

물론 지푸라기라도 잡는 심정으로 국민들은 표를 주고 결국 돌아오는 것은 똥이다.

그렇게 국가를 경영하는 이들이 국민들 머리 위에 앉고 또 경제인들은 냄새나는 똥의 눈치를 본다.

경영 일선에서 선두 자리를 지키기 위한 노력은 상상할 수 없을 만큼 고될 것이다.

기업을 유지하기 위한 경제인들의 로비는 계속되고 그 결과물은 돌고 돌아 국민들의 짐으로 돌아왔다.

어떤 누구도 예외일 수 없는 그 결과에서 책임을 지겠다고 말하는 쪽은 없다.

함께 잘살아보자고 했던 말들은 돌아가신 부모님 세대에나 가능했다.

세상은 변했고 그만큼 살아남은 자만이 승자일 수밖에

없는 시대다.

그러니 너도 나도 살아남기 위해 목숨을 거는 자들만이 높은 벽을 넘는 것이다.

개인이든 기업이든 말이다.

이런 정황 속에서 오성그룹은 자신들의 신념으로 발전해 왔고 세계적으로 그 가치를 인정받았다.

예린이를 떠나서 오성그룹이 세계 곳곳에서 국내로 벌어들이는 재화는 엄청나다.

사실상 대한민국 경제력의 한 축을 담당하고 있다고 해도 과언이 아니다.

어느 정도의 비리나 정경유착은 존재할 것이다.

본래가 정치와 경제는 오행 사주 상으로도 한 몸처럼 움직이는 요소이니 말이다.

미국이나 유럽 각국 선진국도 기업들의 합법과 비합법 로비로 굴러간다.

현실에서는 사람들이 이상적으로 생각하는 완벽한 평등은 존재하지 않는 것이다.

말만 다를 뿐, 공산주의나 자본주의 모두 결국은 인간들이 탄생시킨 욕망의 전차로 인류의 놀이터와 같은 것이다.

사회적 환경이 바뀌어도 대한민국의 특출한 국민성은 변함이 없다.

양 도사는 이를 대한민국의 국민성이라고 말했었다.

세계적으로도 특이한 한반도의 민족성이라는 것이다.

누가 봐도 작은 나라 대한민국.

이 작은 나라 안에서 치고받는 게 이골이 날 만도 하건만 끊임없이 이어지고 있는 부딪힘.

남과 북.

게다가 경상도와 전라도.

정치인들만 끼었다 하면 팔도로 나눠진 한반도는 주먹만 오가지 않을 뿐, 쌈박질이 시작된다.

이런 현상을 두고 설악산에 처박혀 사시던 양 도사는 특별한 국민성 때문이라고 말했다.

말이 좋아 특별한 국민성이지, 사실상 사촌이 잘되면 배가 아프다는 민족이지 말해 뭐하겠는가.

지금은 사촌을 넘어 부모 형제가 나보다 잘나도 배알이 뒤틀린다고 한다.

시대가 바뀐 만큼 넘쳐 나고 있는 게 물질만은 아니다.

똑똑한 인재들 또한 넘쳐나는 세상.

그러다 보니 너 나 할 것 없이 모두가 잘난 세상이라는 것이다.

그 속에서 인내와 고통을 감내한 후 부와 명예를 차지하게 되는 성공자들은 시샘과 질투의 대상일 수밖에 없다.

특히 작금의 시대는 인터넷이라는 것이 그 역할을 톡톡
히 하고 있는 세상.

익명성을 이용해 시샘과 질투의 화살을 엄청나게 날리며
거의 지랄발광을 한다고 했다.

세상 돌아가는 것은 텔레비전으로 접하는 게 전부였던
양 도사의 말이 틀리지 않았다.

예린이가 말하고 싶은 것도 그것일 것이다.

쉴 틈 없이 뛰어다녔던 아버지 유병철 회장을 바라보는
딸의 시선.

그러나 막상 오성그룹 유병철 회장 앞에 나와서는 찍소
리도 하지 못할 이들이 보이지 않는 인터넷 세상에서는 왕
처럼 군림하며 갖은 질책을 퍼붓는다고 했다.

그 이유는 간단했다.

부와 명예를 불쌍한 근로자들을 이용해 거저 누리는 것
처럼 생각한다고 했다.

자신들도 그만큼은 똑똑하고 부와 명예를 누릴 자격이
있다고 착각하는 데서 그런 행동이 나오는 것이다.

움직이지 않고 누리려는 태도.

이미 실패의 요인을 스스로 손에 쥐고 있다는 것을 모른
다.

그런 짧은 견해를 갖고 그것이 전부인 양 정치인을 뽑아

나라를 엉망으로 운영하게 하는 결과를 낳는다.

정작 큰 인물들은 앞으로 나서지도 못하는 구조가 되는 것이다.

양 도사는 이런 상황임에도 기가 막힌 사실이 하나 있다고 했다.

그것은 작은 땅덩어리에서 박 터지게 살다보니 대한민국 국민들의 변화 적응 능력은 최고가 되었다고 했다.

결국 국민성의 장점은 단점이 되었고, 단점은 장점이 되어버렸다.

이 모든 것이 대한민국이 어쩔 수 없이 안고 가야 하는 대대로 내려오는 운명이라는 것이다.

"유병철 회장님은 나도 존경해!"

"어? 정말?"

예린이는 내가 괜히 하는 말로 생각하는 듯했다.

하지만 사실이다.

"그럼~ 나 같은 놈 먹여주고 재워주시잖아. 하하하, 이렇게 예쁜 예린이 보디가드 일도 주시고. 사람 보는 안목이 대단하시단 말이야. 존경심 팍팍 일어~"

"피이……."

하지만 기분이 좋아진 듯 얼굴이 환하게 밝아졌다.

누가 자신의 부모님을 존경한다고 하는 게 기분이 좋지

않겠는가.

"오성그룹은 잘될 거야. 나 같은 사람을 알아보는 분께서 대장이잖아. 똑똑한 예린이도 있고 말이야."

"응~ 인정! 내가 너를 인정한 것만 봐도 난 성공하고도 남을 거야, 호호호."

내가 던진 가벼운 말들은 예린이에게 현실로 다가갔다.

"내리자. 시원하게 아이스커피라도 한잔하자."

"그래. 아까 오다가 말한 것처럼 7번 게이트 커피공장 커피가 맛있어."

딸깍.

차문을 열고 밖으로 나갔다.

따각.

발에 밟히는 주차장의 단단한 자갈이 주는 느낌이 기분 좋았다.

"햇볕 좋다~"

조수석에서 예린도 차문을 열고 내렸다.

내리면서 눈이 부신 듯 손으로 이마를 가리고 하늘을 올려다보았다.

마치 광고라도 찍는 여배우처럼 빛이 나는 예린이.

"어머~! 연예인들이야!"

"배우? 아닌데……. 모델들 아냐?"

"빨간 스포츠카, 죽이네."

막 주차장을 가로질러 걷던 사람들의 시선이 나와 예린이에게 쏠렸다.

차에서 내려 하늘을 바라보는 예린이는 누가 봐도 빛나는 연예인 같았다.

이제는 적당히 적응이 된 상황들.

"가자."

"응!"

스윽.

나는 자연스럽게 먼저 예린이의 손을 잡았다.

예린이도 당연하다는 듯 나의 손을 잡아왔다.

누가 봐도 따뜻한 봄날 주말 오후 데이트를 하러 나온 연인 같은 모습이었다.

공식적으로는 친구 사이라고 선을 그었지만 상관없었다.

사심이 없으니까 말이다.

유치원 시절 옆에 있던 친구의 손을 잡고 소풍을 가던 그 마음과 다르지 않았다.

빨간 스포츠카를 직접 운전해 찾아온 헤이리.

옆에 예린이가 있어서 더 즐거운 시간이다.

제9장
멋진 친구

'언제 봐도 참 대단해.'

제시카의 기억 속 한국은 불편한 것이 참 많았던 나라였
다.

군인이었던 아버지를 따라와 처음 대한민국이란 곳을 알
게 되었던 어린 시절.

분명 동두천 미군기지 바깥세상은 허름한 건물투성이였
다.

그러나 몇 달 간격으로 휙휙 보이지 않았던 건물들이 들
어서고 지하철이 개통되었다.

곳곳의 도로가 확장되는가 하면 항만 등을 건설했다.

올림픽을 끝낸 직후부터 얼마간 개발붐이 일었던 대한민국.

당시만 해도 세계 10대 무역국에 들 정도로 엄청난 경제 성장을 일으킬 것이라고 누가 상상했을까.

세계적인 불경기 속에서도 한국 기업들은 특유의 발 빠른 판단과 적응력으로 살아남았다.

'다만, 너무 빠른 속도로 인구수가 줄어들고 있어. 앞으로가 문제겠지.'

어떤 나라가 되었든지 인구가 국력을 좌우하게 된다.

아메리카가 끊임없이 고급 인력들을 받아들이는 이유 중 하나도 국력의 후퇴를 최대한 막기 위해서다.

수많은 이들 중에서 분명 천재가 있고 노력해 세상을 이끄는 리더가 있게 마련이다.

이 같은 사실을 미국 정부와 미국 내 1프로에 해당하는 고위층들도 오래전부터 깨닫고 있었던 사실이다.

그러나 아시아권의 경제 성장의 주역이라 할 만했던 일본.

그리고 그 후발 주자라 볼 수 있는 한국은 빠른 성장 뒤 급격한 쇠락의 길을 걷게 될 가능성이 크다.

이미 급속한 경제성장의 재미를 봤던 일본이 샘플링 됐

고 인접한 한국은 그 영향을 피해갈 수 없을 것이다.

세계 유례가 없는 저 출산 고령화 사회에 접어든 것이다.

빠른 대책이 뒤따르지 않는다면 국력은 바닥이 날 것이다.

"목적지에 거의 도착했습니다."

아시아 쪽에서도 한국과 일본 쪽을 담당하고 있는 파견 직원 에릭.

그의 목소리가 제시카의 상념을 깨웠다.

"미팅이 끝날 때까지 주변에서 산책 좀 하고 하세요."

"네, 부사장님."

부사장이 직접 자가용 비행기를 타고 아시아권까지 날아온 일은 거의 없었다.

얼마 전 LA다저스로 합류시킨 류의 영입 때도 부사장은 직접 오지 않았다.

예외가 있을 수 있지만 오늘 부사장 제시카의 모습은 평소와 조금 달라 보였다.

아침 일찍부터 본사로부터 연락을 받고 인천공항에 대기하고 있었던 에릭.

현재 한국에 몇몇 눈에 들어오는 선수들이 있긴 했다.

한국 야구선수들은 간간이 뛰어난 선수들이 눈에 띄어 본사에서 예의주시하고 있긴 했다.

물론 축구선수들 중에도 몇 명이 눈에 띄었다.

그러나 오늘처럼 제시카 로엘이 직접 나서서 처리할 정도의 수준은 아니었다.

하지만 에릭은 묻지 않았다.

이 정도 신경을 쓰는 일이라면 본사 측에서 극비리에 영입을 할 만한 인물일 터.

잠깐의 궁금증은 묻어두는 것이 좋았다.

스스스스스.

에릭은 해외지사 접대용으로 보조되고 있는 포드사의 링컨 차량을 부드럽게 헤이리 쪽으로 몰았다.

제시카는 차창 밖으로 흘러가는 풍경에 시선을 두었다.

과거와 달리 한국 내에서도 대형 외제차들이 흔하게 눈에 띄었다.

사실 본토 미국이나 유럽에서도 한국처럼 도로 위에 고급승용차가 많지는 않다.

'앞으로는 쭉 이럴 수 있을까……'

알게 모르게 빈익빈 부익부가 세계적 현상으로 번지고 있었다.

거대한 흐름 속에서 세계 경제 흐름이 어떻게 흘러가는지 관심을 두지 않고 대부분의 사람들이 편승해 살아가고 있었다.

제시카는 한국 사람들의 미래를 미리 보는 것처럼 기분이 씁쓸했다.

정작 당사자들인 한국 사람들은 전혀 체감하지 못하고 있다.

로얄그룹에서도 몇 년 전부터 대비하고 있는 경제적 위기.

제시카가 속해 있는 상류층 사회에서는 이미 미래를 예견하고 그에 대비해 만반의 준비를 하고 있었다.

결국 호황과 불황은 돌고 도는 경제 흐름이다.

인류는 전 세계적으로 엄청난 성장을 거듭해 왔다.

그랬던 만큼 이제는 순리에 맞게 불황의 골짜기 또한 깊고 깊을 것이다.

발전을 거듭한 만큼 인류는 풍족한 물질적 생활을 해왔다.

그 이면에 준비되어 있을 시련은 당연히 거대할 것이다.

도로 위를 달리고 있는 차들로 시선을 두고 있던 제시카에 유난히 눈에 많이 띄는 대형수입차들.

똑똑하고 부지런한 만큼 현재의 부를 충분히 누리고 있는 한국인들이었다.

그러나 결국 파도는 한 번 일었다고 끝나는 것이 아니다.

제2의 IMF가 세계적 금융 리더들에 의해 준비되고 있음을 과연 이들은 알고 있을까.

1997년 대한민국에 불어 닥친 폭풍이 더 크게 몰아쳐 올 것이다.

그것도 하루아침에 말이다.

"민아, 뭐 마실 거야?"

"차갑고 달달한 아이스티~"

"그럼 난 아이스 아메리카노."

커피공장이라는 간판을 달고 있는 조그마한 커피 전문점.

아마 이곳에서는 명소처럼 자리매김한 곳 같았다.

작은 나무 테이블 몇 개와 의자로도 가득 차는 듯한 비좁은 공간.

안으로 들어가자 정면에 2층으로 올라가는 계단이 보였다.

그 앞에는 어지럽게 흐트러진 신발들이 놓여 있다.

예린이 말처럼 커피가 맛있는 집인 듯 대기하고 있는 사람들도 꽤 되었다.

"주문 도와드리겠습니다. 아이스티 한 잔, 아이스 아메리카노 한 잔 맞으시죠?"

사십대 후반 정도로 안경을 착용한 여성이 예린이에게서

카드를 받으며 다시 확인을 했다.

실내는 눈에 띄는 장식이 없었다.

다만 시멘트 회벽 자체에 커다란 사이즈의 유화 그림이 걸려 있을 뿐.

로스팅 기계와 옆에 자루로 쌓여 있는 커피콩이 전부였다.

협소한 공간에 비해 짜임새있게 소품들이 자리를 잡았고 운치도 있었다.

그리고 잠깐 사이에도 사람들이 쉼없이 드나들었다.

헤이리라는 마을과 제법 잘 어울리는 커피 집이다.

"여긴 올 때마다 바쁜 것 같아요."

예린이가 씽긋 웃으며 계산을 돕던 여성에게 말을 건넸다.

"아무래도 그렇죠~"

명찰을 보니 실장을 달고 있다.

화장기가 거의 없는 민낯의 여성은 웃는 모습이 보기 좋았다.

"저희 가게는 단골손님들이 꾸준히 찾아오셔서 더 그런 것 같아요."

커피공장이라는 상호와 잘 어울리는 차분한 분위기다.

"민아, 우리 나중에 커피 숍 하나 낼까? 조용하고 한적한 곳에서 민이 너하고 커피 볶으며 알콩달콩 놀고 싶어."

"어……?"

아무 생각 없이 커피공장을 구경하던 나는 예린이를 쳐다보았다.

말은 놀고 싶다고 말하고 있었지만 내 눈에 비친 예린이의 눈빛은 거의 살고 싶다는 느낌이다.

"왜? 싫어……?"

"하하하, 그렇게 장사해서 예린이 너 차 기름값이라도 나오겠어?"

"뭐 어때~ 할아버지께 받은 주식 좀 처분하면 되지."

"…그럼 난 뭐하고?"

예린이에게는 무슨 말을 해도 결국 진지한 얘기처럼 돼버렸다.

'그래, 너에게 돈이 장애일 수는 없겠지.'

"뭐하긴~ 얼굴 마담해야지. 실장님, 제 남자 친구 잘생겼죠? 아르바이트 하면 손님들 많이 오겠죠?"

예린이는 갑자기 커피공장 실장을 붙들고 말도 안 되는 시나리오를 펼쳤다.

"잘생기셨어요~ 저는 두 분 들어오실 때 모델인 줄 알았다니까요. 이곳에 몇 년째 있었는데… 찾아오신 손님들 중에서 가장 잘 어울리는 커플 같아요."

척 봐도 장사 좀 할 줄 아는 여성이다.

"그렇죠? 저희 정말 어울리죠~"

"네~ 선남선녀라는 말이 딱 두 분 두고 하는 말 같아요."

서비스 전문직종인답게 립서비스가 좋았다.

덩달아 칭찬을 듣는 사람도 기분이 좋아지는 효과를 주었다.

"그렇게 봐주시니 감사합니다."

"아닙니다~ 보기만 해도 기분 좋은 커플들은 보는 사람도 기분이 좋아진답니다."

입가에 거의 올바른 신앙인 같은 미소를 띠며 눈을 맞추는 실장.

자세히 보니 눈빛에서 나이가 보였다.

말 한마디를 건네도 상대방을 배려하는 자세가 몸에 배어 있는 사람이었다.

"여기 주문하신 음료 나왔습니다."

뒤에서 커피를 준비하던 다른 여성 직원이 빠르게 커피와 아이스티를 건넸다.

드나드는 손님도 많은데 주문한 음료를 만들어 내는 속도도 장난이 아니었다.

"많이 파세요~"

카드와 음료를 건네받으며 입가에 활짝 웃음을 피우는 예린이.

기분이 꽤 좋아 보였다.

"또 오세요~ 그때는 홍보용 사진도 한 장 찍어주시고 가세요~"

"네~ 자주 올게요."

마지막까지 립 서비스를 제대로 제공하는 실장이라는 여성 덕에 예린이의 기분은 한껏 들뜬 것 같았다.

"수고하세요."

굳이 많은 말을 섞을 필요는 없을 것 같아 간단하게 인사를 하고 나왔다.

쪼로록.

"하아~ 맛있다."

컵에 꽂힌 빨대를 한껏 빨아올리며 커피를 마시는 예린이.

정말 맛이 좋은지 예린이를 바라보는 나까지 즐거워졌다.

사락.

그리고 자연스럽게 비어 있는 나의 손을 조용히 잡아왔다.

"여기 들렀다 가자. 방금 전에 잠깐 봤는데… 예쁜 가방

이 많았어."

한 손에는 커피를 들고 한 손에는 나의 손을 잡은 예린이
가 쇼핑을 제안했다.

"그래~ 마음에 드는 것 있으면 말만 해."

"민이 네가 사주는 거야?"

돈도 많은 예린이가 눈을 동그랗게 뜨고 들뜬 표정으로
나를 빤히 쳐다봤다.

"엥? 무슨 소리야~ 나 설악산 상거지 출신인 거 몰라?
난 당장 동사무소에 가면 극빈자로 등록해 줄 정도라고."

"피이, 그런데 왜 말만 하라는 거야……? 헛! 설마 정말
말만?"

이제야 말장난인 걸 눈치챈 서울대 학생 수재 예린이.

"나중에, 나중에 이 오빠가 돈 많이 벌면 그때 머리부터
발끝까지 도배해 주마."

"정말?"

"나 강민의 일언 보증수표라는 말 몰라?"

"호호, 알았어. 오늘 약속 꼭 지켜야 돼!"

농담을 진담으로 바꾸는 능력이 개발된 예린이의 뇌 구
조.

작은 약속에도 기뻐하는 예린이 모습이 나를 더 진지하
게 만들어 주고 있는 느낌이 들었다.

사실 예린이와의 시간도 얼마 남지 않았다.

대한민국에 더 이상 머물 수 없는 나의 상황.

설악산에서 나를 구출해 내준 하늘의 동아줄 같았던 예린이.

이 정도 인심은 아무것도 아니었다.

예린이가 말하지 않았어도 내 힘으로 성공한 후 예린이만을 위해 성대한 파티 정도는 열어주고 싶었다.

스르르르르륵.

예린이와 손을 잡고 나란히 가죽 공방으로 향했다.

그때 7번 게이트 쪽에서 새카만 세단 한 대가 미끄러지듯 헤이리로 들어왔다.

예린이의 빨간 스포츠카 못지않게 눈에 확 띄는 대형외제 승용차.

'왔군.'

진하게 선팅이 되어 있었다.

하지만 실루엣만으로도 단박에 누군지 알아볼 수 있었다.

"민아, 여기 이 가방 귀엽지 않아?"

가죽 공방 쇼윈도에 걸려 있던 몇 개의 가방.

예린이가 눈에 띄는 가방 하나를 가리키며 나를 쳐다보았다.

"무슨 일이야?"

나의 시선이 이제 막 헤이리로 미끄러져 들어오는 세단에 꽂혀 있자 예린이가 같은 곳을 바라보며 물었다.

끼릭.

가벼운 브레이크 소음.

정확히 내 앞에서 멈추는 대형 세단.

"……???"

손을 잡은 채 옆에 바짝 붙어 서 있던 예린이의 표정이 궁금함을 가득 찼다.

잘가다가 갑자기 멈춘 대형 세단과 정면으로 응시하고 있는 나.

딸깍.

멈춘 차량 뒷문이 가볍게 열렸다.

나와 예린이의 움직임을 훑던 행인들의 시선도 우리와 함께 대형 세단에 고정되었다.

그리고,

"어!"

보기 드문 붉은 금발의 머리카락부터 눈에 띄었다.

제시카다.

순간 예린이의 입에서 한마디 신음이 터졌다.

"와아!"

"우우우!"

"어, 진짜 예쁘다!"

말 그대로 새하얀 피부의 금발 미녀가 차에서 내리자 주
변에서는 탄성이 터졌다.

'옵스⋯⋯.'

그도 그럴 것이 제시카의 옷차림이 예술이었다.

마치 이제 막 영화에서 빠져나온 여배우 같은 느낌.

아니, 웬만한 여배우들 뺨치는 수준의 차림으로 나타났
다.

따스한 봄날 예술인들의 마을에 나타난 예술 같은 제시
카.

온몸을 착 감고 흐르는 붉은색 원피스.

위에 걸친 가벼운 하늘색의 반팔 카디건.

여전히 굵게 웨이브진 금발 머리카락은 어깨 위에서 찰
랑거렸다.

이른바 남성들이라면 모두가 혹할 만큼의 매력적인 모습
으로 나의 앞에 서 있었다.

이국의 여성들에게서 많이 보이는 주근깨 따위는 하나도
보이지 않는 백옥 같은 피부.

새하얀 목선을 따라 걸려 있는 물방울 모양의 목걸이.

그리고 보일락 말락 머리카락 사이에서 딸랑거리는 같은

모양의 귀걸이.

커다란 눈망울까지 남성들의 시선을 사로잡기에 차고 넘쳤다.

"제, 제시카 선생님……."

예린의 입에서 흘러나오는 이름.

"민……."

대답 대신 제시카의 입에서는 나의 이름이 새어나왔다.

"어서 오십시오, 레이디 제시카."

씨익.

입가에 피어나는 나만의 미소.

예린이에게 감출 것은 없었다.

또각또각.

나의 옆에 서 있는 예린이에게는 시선도 두지 않는 제시카.

대신 나와 눈을 맞추며 차로를 건너왔다.

'여전하시군.'

감출 수 없는 제시카의 매력은 여전했다.

아름답다거나 큐티하다는 표현은 전혀 어울리지 않았다.

한국 고등학교에 재직하고 있을 때도 느꼈던 완벽한 바디라인의 종결자 제시카.

동양인들과는 본질적으로 체형의 비율이 달랐다.

삼 년이 흘렀으니 올해로 스물아홉이 된다.

하지만 외모만 봐서는 이십대 초중반으로밖에 보이지 않았다.

삼 년 전에 비해 뭔가 더 안정적이면서 완벽해진 듯한 제시카의 이미지.

어떤 변화가 있었음이 분명했다.

옆에 서 있는 예린이의 폭풍 성장은 제시카 앞에서 다시 한 번 풋내기처럼 보였다.

풋풋한 여인과 전혀 다른 매력을 풍기는 완벽한 여성.

붉은 입술이 살짝 열리면서 새하얀 치아가 드러났다.

시선을 고정한 채 나의 앞으로 다가온 제시카.

'흐음…….'

순간 잊히지 않는 그녀만의 독특한 향취가 확 코를 파고들었다.

마치 시원한 가을바람 같으면서도 달콤한 장미수 같았던 그 향.

"멋있어요, 민. 상상하던 그 이상으로 완벽하게 나타났군요."

아예 대놓고 나를 띄워주는 제시카.

"여전히 눈부시고 아름다우십니다."

나도 밀릴 수 없었다.

받은 만큼 꼭 돌려주는 것이 나의 생존 비법.

"호호, 고마워요. 민의 말에 오는 동안 쌓였던 피로가 싹 풀리는 것 같아요."

얼굴에 가득 퍼지는 웃음 자체가 달랐다.

큰 입술에 어울리는 시원하면서도 가지런한 미소.

자칫 붉고 푸른색 옷에 새하얀 구두를 신어 촌스러워 보일 수도 있는 드레스 코드.

제시카만이 소화할 수 있는 패션이 아닐 수 없었다.

대충 훑어도 장인의 손길이 느껴지는 옷.

확실히 머리끝부터 발끝까지 제대로 신경을 쓰긴 했다.

나름 상상했던 그 모습이었다.

"선생님이 이곳에 무슨 일로……?"

놀라움을 감추지 못하고 예린이가 끼어들었다.

"예린 양? 오랜만이에요."

"네, 선생님."

제시카는 예린이도 기억하고 있었다.

"많이 자랐네요. 분위기가 많이 달라졌어요."

역시 제시카의 눈에도 예린이의 폭풍 성장이 가장 눈에 먼저 들어온 듯했다.

"…고맙습니다. 그런데 선생님께서 이곳에 무슨 일로……."

예린이는 제시카를 바라보다 나를 향해 고개를 돌렸다.

이제야 정신이 드는지 예린이는 경계의 눈빛을 띠고 있었다.

"예린아, 내가 오시라고 했어."

"민이 네가? 왜?"

"민, 혹시 나도 커피 한 잔 마셔도 될까요?"

여전히 제시카는 예린이를 무시하고 있었다.

하지만 그만큼 나에게 관심이 있다는 증거.

나에게는 좋은 징조로 해석되었다.

"물론입니다. 여기 커피 맛이 좋답니다."

"그런 것 같아요. 갓 볶아낸 원두향이 제게도 느껴져요. 기대가 돼요."

"밖에서 기다리고 있겠습니다."

"그래요."

예린이의 질문에는 제대로 된 대답을 한 번도 하지 않은 제시카.

커피 향을 쫓아 커피공장으로 들어가 버렸다.

"민아, 무슨 일이야? 제시카 샘을 왜 불렀어?"

다다다 폭풍 질문를 던지는 예린이.

"로얄그룹 알지?"

"응, 알아. 미국계 다국적 기업이잖아."

오성그룹 딸답게 일반인은 잘 모를 수 있는 로얄그룹을 알고 있었다.

"제시카 샘이 로얄그룹에 근무하고 있어."

"근무? 아! 학교 그만두시고 미국에 가서 취직하신 거야? 그런데 민이 너를 왜 만나러 오신 거야?"

예린이의 궁금함이 하늘을 찔렀다.

"계약할 생각이야."

"계약? 뭘?"

무슨 말을 하는지 짐작도 하지 못하고 있었다.

"정식 스포츠 매니지먼트 계약."

"……."

"제시카 샘이 로얄그룹 산하 에이전시 회사에 근무하고 계셔. 그래서 와달라고 했어."

"아!"

그제야 상황의 전말을 파악한 듯 탄성을 터뜨리는 예린이.

"사실은 한국에 오래 있을 수가 없어. 그리고 너도 알지? 내 꿈은 미국 PGA에 도전하는 거다."

예린이의 두 눈이 커다랗게 떠졌다.

나는 담담하게 말을 이었다.

"…이제 그때가 왔을 뿐이야."

"……."

내가 말을 마치자 금방 눈가에 그렁그렁 눈물이 맺혔다.

하지만 내가 지금 예린이에게 해줄 수 있는 것은 없었다.

"걱정하지 마. 설악산으로 가진 않으니까. 언제든 연락할 수 있어. 그리고……."

"……."

나는 예린이의 어깨 위에 손을 올리고 탁탁 두 번 쳤다.

"사나이 가는 길을 축복해 줘야지~ 고졸 퇴학생인 나도 먹고살아야 할 거 아냐~"

예린이 마음도 위로해 줄 겸 나는 가벼운 너스레를 떨었다.

"나빴어……. 다시 보게 된 게 며칠이나 됐다고 벌써… 떠날 생각부터 한 거야."

"하하하, 떠나긴 어디로 떠나."

마치 사랑하는 연인들의 다툼처럼 되어 버린 예린이와 나의 대화.

"먹고살기 위해 미국으로 아르바이트하러 가는 거야. 유병철 회장님이 경영하는 오성그룹도 외국에서 달러 벌어오잖아~ 나도 애국하러 가는 거라고. 이 한 몸 팔아서 대한민국 국고를 꽉꽉 채워볼 생각이거든."

최대한 분위기는 가볍게 흘러야 했다.

나의 미래를 위한 선택인만큼 무겁게 시작할 수는 없는 일.

예린이와 그 무엇도 약속하지 않은 사이이지만 친구로서 예의를 다하고 싶은 마음도 당연했다.

게다가 이쯤 농담도 적당히 할 줄 아는 내가 얼마나 다행인가.

"그리고 내가 돈 벌어서 너 위아래로 쫙 악어가죽으로 도배시켜 줄 테니까 기대해!"

"제시카 샘이 계약한데? 너 삼 년 동안 골프채도 못 잡았을 거 아냐."

설악산에서의 생활을 대략 알고 있는 예린이가 나의 미국 진출 걱정을 했다.

금세 자신의 감정은 감추고 나를 걱정하는 예린이.

역시 현명하다.

"골프는… 머릿속으로 수십, 수백만 번을 휘둘렀어."

그냥 하는 말이 아니었다.

삼 년 동안 수련 아닌 수련을 했다.

중간중간 틈나는 대로 수없이 반복했던 스윙과 각국의 코스들을 돌았다.

물론 실제 그렇게 할 수 없다는 것이 아쉬웠지만 머릿속으로 충분히 연습을 해왔다.

한국 고등학교 재학 중에 습득해 놓은 정보들.

역시 머릿속에 저장된 지식들이 있었기 때문에 다시 재기를 꿈꿀 수 있게 된 것이기도 했다.

그것도 없었다면 설악산 계곡물에 코 박고 죽었을지도 모른다.

"그래, 민이 네 말이 그렇다면 그렇겠지."

내가 메주콩으로 팥빙수를 만든다고 해도 믿어줄 예린이.

가만히 고개를 끄덕였다.

그리고 조용히 말을 이었다.

"계약한다고 해서 바로 가는 건 아니야."

"그래, 살아 있다는 것만으로도 감사했는데… 미국이야 시간만 좀 걸릴 뿐이지, 아주 못 보는 건 아니잖아."

오성그룹도 자가용 비행기를 보유하고 있다고 알려져 있었다.

예린이도 마음만 먹는다면 미국에 오고 가는 일 정도는 문제도 되지 않는 입장.

자신의 차를 타고 드라이브하는 것과 크게 다르지 않을 것이다.

"너무 맛있어요. 흐음, 이런 곳에 이렇게 맛있는 커피 전문점이 있다니……."

뜨거운 커피를 주문한 듯 포장 커피를 들고 밖으로 나온 제시카.

"몸매 죽인다⋯⋯."

"히잉, 우리 엄마는 왜 날 이렇게 짧게 낳은 거야."

값이 꽤 나갈 것 같은 카메라를 들고 풍경 사진을 찍던 두 여성이 막 커피공장을 나온 제시카를 보고 넋을 잃었다.

"적당히 숙성시킨 과테말라 원두 맛이 아주 신선해요. 호호, 민이를 만나는 것도 설레었는데 커피 맛도 참 좋아요. 일이 잘될 것 같아 기분 좋군요."

웃음을 곁들이며 편안하게 잉글리쉬로 말하는 제시카.

여전히 예린이에게는 별 관심을 보이지 않았다.

아니, 차라리 예린이를 경계하고 있는 듯한 느낌이 강했다.

파바밧.

입장은 예린도 마찬가지였다.

한때 분명 사제지간이었던 두 사람.

이제는 명찰을 뗐다 이건지, 예린이도 제시카를 정면으로 응시했다.

이렇게 되기를 의도하지는 않았지만 결과적으로 두 여성 사이에 놓인 남자가 돼 버렸다.

"제시카, 우리 저기 나무 아래 의자로 자리를 옮겨 얘기할까요?"

"호호, 그래요. 이렇게 한적한 공원에서 중요한 계약을 진행해 본 적 없는데 민이는 언제나 특별한 만남을 선사하는 것 같아요. 삼 년 전 그날처럼 말이에요."

"……!!"

"민이는 벌써 잊었어요? 그날 밤… 일을?"

은근한 눈빛으로 오해하기 딱 좋은 분위기를 만드는 제시카.

그날을 얘기하며 촉촉하게 목소리를 적셨다.

"……??"

예상한 대로 동그랗게 커진 두 눈으로 예린이가 나를 쳐다보았다.

아니, 쏘아 보았다.

'뭐, 뭐야. 그걸 이용해 먹으려는 거야?'

제시카가 말하는 그날 밤은 그녀가 목욕재계하고 나를 유혹했던 밤이다.

결코 아무 일도 없었던 날이었음에도 불구하고 오해를 불러오게 분위기를 만들고 있었다.

"그러게 말입니다. 그날 밤 일만 아니었다면 제시카가 좀 더 특별하게 느껴졌을 텐데……. 정말 아쉽습니다."

그렇게 앉아서 당할 내가 아니다.

흠칫.

나의 말에 이번에는 제시카가 살짝 당황하는 기색이었
다.

자칫 학생을 유혹한 부도덕한 선생이 될 수도 있었다.

"그럼 저쪽으로 가죠."

"예린아, 너도 가자."

"나, 나도?"

"그럼~ 친군데 뭐 어때. 그것도 한 지붕 아래 함께 사는
동거인!!"

나는 오해의 수준을 넘어서는 발언으로 제시카를 한 번
당황시켰다.

"응······."

"······!!!"

아니나 다를까, 제시카는 의구심이 가득한 눈빛으로 나
와 예린이를 번갈아 살폈다.

'누님~ 그러니까 왜 먼저 시작을 해요~ 당신이 뿌린 거
미줄은 양 도사가 평소 나에게 던져·대던 굵은 밧줄에 비하
면 아무것도 아니란 말입니다.'

"제시카? 가시죠."

나는 걸음을 잠시 멈춘 제시카에게 말을 건넸다.

왠지 이 순간에는 가만히 듣고만 있던 예린이를 향한 마

음이 더 강했다.

나를 찾기 위해 설악산까지 찾아왔던 친구 예린이.

이성이기 이전에 친구로서 더욱 단단하게 관계가 설정된 사람.

순수한 열정으로 나를 바라보고 있는 예린이 앞에 거짓으로 서 있고 싶지는 않았다.

정해지지 않은 미래에 예린이와 나의 삶이 각각 다른 방향으로 흘러간다 해도 이 순간만큼은 진실하고 싶다.

불필요한 오해는 뿌리째 뽑아버리는 게 현명한 것.

한때 서로에게 둘도 없는 멋진 친구였었다는 것을 기억 속에 확실히 각인시켜 놓고 싶은 마음.

그 정도 신의는 보여줘야 하는 게 나로서 지금 예린이에게 마음의 빛을 조금이나마 갚을 수 있는 유일한 방법이었다.

제10장
봄의 왈츠

'둘이 사귀는 거야?'

처음 눈에 띌 때부터 신경 쓰였던 유예린.

하지만 여성미는 아직 제시카를 따라올 수 없다는 것을 안 이상 신경 쓰고 싶지 않았다.

하지만 심상치 않은 이 분위기.

제시카는 강민을 만난 벅찬 감동을 다 느끼기도 전에 싸늘하게 식어가는 것을 느꼈다.

상상했던 것보다 훨씬 매력적으로 성장해 있는 강민.

신장은 삼 년 전보다 살짝 더 커졌다.

서츠를 입었지만 숨길 수 없는 탄탄한 근육은 눈으로 확인하지 않아도 알 수 있을 만큼 단단하고 날렵해졌다.

　수많은 스포츠 스타들의 신체 조건을 면밀히 살펴봐 온 것이 제시카의 일.

　직업 특성상 자의든 타의든 스포츠 스타들의 몸에 관해서는 전문가가 될 수밖에 없는 환경에 놓여 있었다.

　그런 점에서 강민이 갖고 있는 신체 조건은 단연 탑이다.

　게다가 패션 감각 또한 남다르다.

　입고 있는 옷과 착용하고 있는 액세서리.

　스포츠 선수들이 패션 감각까지 갖추는 것은 쉬운 일이 아니다.

　멋쟁이들의 도시 뉴욕 메인 타운에 당장 데려다 놓아도 눈에 띌 만큼 멋이 넘친다.

　아메리카 사람들 중에서도 강민만큼 키가 큰 사람은 흔하지 않다.

　평균 신장 178 정도.

　190에 육박해 보이는 강민의 키는 평균 신장에서도 한참 웃도는 키다.

　더욱 빛나는 것은 근육질의 몸.

　키만 크고 근육은 볼품없는 이들도 많다.

　그런 사람들과는 비교 자체가 불가능할 만큼 제대로 된

몸을 갖고 있다.

물론 2미터가 넘는 신장의 스포츠 선수들도 많다.

그러나 강민처럼 적당히 균형 잡힌 바디를 소유한 스포츠 선수는 드물었다.

시원하고 깔끔하게 연출한 헤어부터 발끝까지 어디 한 군데 빠지지 않는 강민의 상태.

입가에 늘 짓고 다니던 미소는 여전했다.

아니 더 매력적이고 진지해져 첫인상이 더욱 강렬해졌다.

한국 나이 스무 살.

아메리카 성인 기준 만 18세를 훌쩍 넘은 법적 성년이다.

그런 강민에게 제시카가 살짝 밀리는 게 있다면 그것은 바로 나이.

무려 아홉 살.

아메리카에서는 숫자에 지나지 않은 차이이지만 한국 정서에는 맞지 않음을 제시카도 잘 알고 있다.

"선생님께서는 여전히 매력적이세요."

"......."

처음부터 강민의 손을 잡고 서 있던 것부터가 마음에 들지 않았던 유예린.

제시카는 그녀의 칭찬에도 시큰둥했다.

'깜찍하네…….'

흘러간 시간은 같았지만 각자에게 다르게 적용된 삼 년.

강민이 변해 있는 만큼 유예린도 삼 년 전과는 사뭇 다른 모습으로 변해 있었다.

한때 같은 여성으로서 마주하게 될 거라고는 전혀 예상하지 않았던 여자애였다.

제시카도 유예린에 관해서는 어느 정도 알고 있었다.

해외에 수많은 지사까지 두고 있는 한국의 대기업.

전 세계적으로 인정받고 있는 오성그룹의 막내딸이다.

한국 고등학교에서도 다른 아이들과는 차이가 있어 이름을 기억했다.

미국 내 대기업 로얄그룹에 맞먹을 만큼 고도성장을 거듭한 오성그룹.

부딪힐 사업 분야가 없기에 경쟁사로 생각하지 않았다.

그러나 한국의 몇 개 안 되는 해외 기업이었기 때문에 관심을 두고 있기는 했다.

여전히 강민의 한쪽 손을 놓지 않고 있는 유예린.

강민과 같은 스무 살.

삼 년 전 마지막 보았던 모습과는 많이 달라졌고 여성미도 물씬 풍긴다.

키도 많이 자랐고 제시카의 눈에도 이제는 매력적인 바

294 마스터 K

디라인을 가졌다.

제시카가 유일하게 한국 고등학교 재직 당시 인정했던 여성은 손단비뿐이었다.

그녀만이 당시 여성으로서의 매력을 발산하는 학생이었다.

제시카는 은근히 긴장이 됐다.

신경 쓰고 싶지 않았지만 계속해서 신경이 쓰이는 유예린.

강민 옆에 찰싹 달라붙어 있는 모습이 계속 거슬렸다.

사실 두 사람 다 풋내기 청춘들인 것만은 사실이다.

그룹과 관련한 인맥들 사이에서도 제시카에게 목을 매고 대시해 오는 사람들이 한둘이 아니다.

또 결혼까지 생각하고 대시해 오기도 했다.

세계적 대기업 사주나 억만장자 소리를 듣는 몇몇 인사들도 제시카와 친분을 쌓기 위해 각종 파티를 열어 초대장을 보내오기도 한다.

그런 대우를 받는 제시카가 이제 갓 스무 살이 된 남자에게 빠져들었다.

게다가 동양인.

제시카 자신도 때론 이해할 수 없는 끌림에 강민에 대한 애정은 식어가기보다 깊어져 왔다.

그러나 제시카가 한 가지 분명하게 인정하는 것은 강민이 보통 남자들과 다르다는 것이다.

몇 마디 대화만으로도 그 사람의 지적 수준과 인격을 어느 정도 파악할 수 있는 능력을 갖고 있는 제시카.

그런 그녀가 겨우 스무 살밖에 되지 않는 강민을 어린아이로 대하지 않는 이유이기도 했다.

그가 겸비하고 있는 지적 수준은 제시카의 주변을 맴도는 남자들보다 훨씬 높았다.

나이만 먹고 그 밖의 성장을 멈추고 제자리에 머무는 사람들이 대부분이다.

하지만 강민은 달랐다.

삼 년 전에도 나름 미래에 대한 확고한 신념을 갖고 있었다.

제시카가 알고 있는 전반적인 분야에 관한 지식 또한 뒤떨어지지 않았다.

강민은 지식을 습득하는 수준에서 멈추지 않고 그것을 활용해 지혜롭게 삶에 적용하기까지 했다.

그뿐인가.

스포츠 계통에 있어서도 다시 볼 수 없는 천재성을 갖고 있다.

'곧장 데려가야겠어. 외로워야 해.'

사람이란 본래 외로울 때 접근하기가 쉬워진다는 것을 제시카는 너무 잘 알고 있다.

그럴 때는 작은 친절에도 마음을 열어놓게 된다.

삼 년이란 시간을 얼마나 노심초사하며 흘려보냈던가.

아무 미련 없는 듯 외면했지만 절대 그렇지 않았다.

가득이나 요즘처럼 스포츠 스타 배출에 가뭄이 들 때는 더 절실하게 떠올랐던 강민이었다.

이제는 수단과 방법을 가리지 않을 것이다.

"칭찬으로 듣겠어요. 그리고 이젠 선생님이 아니니 제시카라고 불러줘요. 그렇게 부르니까 예린 씨와 같은 이십대인데 내가 아주 나이든 사람 같잖아요."

제시카도 대한민국에 오랫동안 머물렀던 만큼 한국 젊은 이들의 정서 문화를 모르지 않았다.

"네? 네······."

제시카의 말에 살짝 어색한 표정을 짓는 유예린.

겉모습은 삼 년 전보다 성숙한 여성의 모습을 띠었을지 모르지만 아직 세상 사는 기술에서는 제시카에 한참 못 미치고 있었다.

"제시카, 계약서를 한 번 볼 수 있을까요?"

'서두르고 있어.'

언뜻 여유로워 보이긴 했지만 뭔가 급하게 서두르는 듯

한 모습을 보이고 있는 강민.

분명 뭔가에 쫓기는 듯한 느낌이 강하게 전해졌다.

이런 분위기라면 계약을 하는 일은 무난하게 성사될 것이다.

"그럼요. 삼 년 전 얘기했던 계약 조건에서 달라진 건 없어요."

제시카는 처음 강민의 상품성을 보고 대시했던 때가 떠올랐다.

그때는 두 번 생각하지도 않고 거절했던 강민.

약간은 여유를 부려도 좋을 타이밍이 분명했다.

"민이 원하는 모든 스포츠에 대해 로얄 썬라이징 에이전트사는 전폭적 지원을 아끼지 않을 거예요. 거주할 수 있는 곳도 제공할 겁니다. 최소 방 네 개 이상의 주거 공간과 전담 트레이너, 변호사, 도우미. 물론 자가용에 운전기사는 기본이죠. 또 경호원까지 지원할 예정이니까 생각보다 대우가 좋을 거예요."

제시카가 준비해 온 계약서는 최상급 스포츠 스타들의 기본 계약서에 준해 작성된 것이다.

"수수료율은 어떻게 됩니까. 또 계약 체결 자유권은 회사에 있나요? 계약 기간과 위약금 조항은 어떻게 되죠?"

'호오, 대변인이라도 하겠다는 거야?'

계약 내용이 언급되자 강민 옆에 붙어있던 유예린이 적극적으로 끼어들었다.

"잠시 후에 계약서를 한 번 읽어보세요. 업계에 없는 파격적인 조건들이 명시되어 있어요. 그리고 수수료율은 회사에 손해가 가지 않는 선에서 처리될 거예요. 우리 로얄썬라이징 에이전트사에서는 민을 회사를 대표하는 대스타로 육성할 생각이거든요."

다른 에이전트사와 비교하면 말도 안 되는 수수료율을 적용하는 계약서다.

"사측과 협의한다는 조건만 맞는다면 광고 계약 같은 건 자유예요. 계약 기간은 삼 년, 위약금은 추후 협의토록 할 겁니다."

두 사람 모두 대기업 피를 이어받은 사람답게 사업적으로 대응했다.

물론 여기서 제시카가 밀릴 일은 없었다.

연달아 속사포를 쏘듯 예린이 던진 질문에 거침없이 대답하는 제시카.

감출 만한 것은 아무것도 없었다.

차라리 그 어떤 스타의 계약서보다 당당하게 내 보일 수 있는 조항들이 많았다.

"하하, 전 제시카를 믿습니다."

"네, 로얄 썬라이징 에이전트사는 절대 고객과의 신뢰를 저버리지 않아요. 만약 신뢰가 깨진다면 이 업계에서 파멸이에요."

쪼로록.

강민의 말에 대답을 하고 손에 들고 있던 커피를 한 모금 마시는 제시카.

지그시 눈을 내려감은 채 커피향을 즐겼다.

생각보다 커피 맛이 꽤 좋았다.

아메리카 본사 자신의 사무실에서 직접 로스팅한 콩을 사용해서 내려 마시는 커피 못지않았다.

제시카가 즐겨 마시는 과테말라산 스모그 커피의 대명사인 안티구아 커피.

국토 대부분이 미네랄이 풍부한 화산재에 덮여 있어 쌉싸름하면서도 부드러운 풍미를 제대로 느끼게 해준다.

지금 마시는 커피는 적어도 해발고도 1,200미터 이상에서 재배된 HB급 커피.

한 잔에 5달러 정도로 싸다고 말할 수는 없지만 가격값을 충분히 했다.

"제시카, 하루라도 빨리 미국행 비행기를 탈 수 있는 방법이 있을까요?"

"여권은 발급받았나요?"

"아직 없습니다."

"그럼 여권부터 비자까지 회사에서 책임지겠습니다. 계약서에 사인한 순간부터 로얄 썬라이징 에이전트사의 최고 고객이 되실 거예요."

계약서에 사인을 받아야 했다.

여권이야 급행으로 처리하면 되고 비자도 문제없다.

"스포츠 취업 비자를 발급받을 수 있습니까? 아무런 대회 경력도 없는데."

혼자서 이것저것 이미 알아본 듯한 강민의 질문.

"물론입니다. 다만, 조건이 있습니다."

아메리카에서 대한민국으로 날아오면서 잠만 잔 게 아니었다.

이런 상황을 예상하고 이미 시나리오를 짜본 제시카.

강민의 대회 전적이 거의 없기 때문에 골프만으로는 힘들었다.

그래서 찾아낸 방법.

"그게 뭡니까?"

"야구를 잠깐 해줘야 할 것 같아요."

"야구요?"

"알아본 바로 민이 씨는 고등학교 협회 선수로 등록되었다가 취소가 됐어요. 그래서 야구 쪽으로는 문제가 없어요.

그렇게 되면 가장 빨리 미국으로 들어갈 수 있는 방법은 당연히 야구 스카우트를 통한 거죠."

"흐음."

'스포츠 전문 취업비자를 받으면 간단해. 야구를 하다가 오픈 대회에 출전하면 돼. 그게 더 드라마틱할 거야.'

제3의 인물에게 추천했다가는 분명 미쳤다는 소리를 듣게 될 게 빤하다.

야구 선수의 스윙 폼은 골프 선수에게는 최악.

천하제일의 야구선수도 골프를 하게 되면 평범한 투구밖에 내지 못한다는 사실은 잘 알려져 있다.

하지만 강민은 예외다.

야구뿐만 아니라 골프, 축구.

제시카가 직접 확인한 것들.

어느 스포츠가 되어도 강민은 가능하다.

"얼마 정도의 시간을 말하는 겁니까?"

"계약을 하고 바로 일처리를 한다고 하면… 최대한 빠르게 당겨도 보름 정도 걸려요."

"보름……. 알겠습니다, 계약하겠습니다."

"미, 민아. 계약서는 한 번 읽어봐야지."

강민의 빠른 결정에 유예린은 화들짝 놀랐다.

이미 강민이 대한민국을 떠나 아메리카 행을 선택하는

것은 기정 사실.

유예린은 미국에 오성그룹이 진출해 있는 만큼 미국 사회에서 계약서가 얼마나 중요한지 잘 알고 있을 것이다.

강민의 팔을 흔들며 계약서 확인을 권유했다.

"예린아."

"……???"

"난 한 번 믿으면 끝까지 간다. 단, 배신하면……."

예린을 바라보며 말하다 잠시 멈추고 제시카의 눈을 똑바로 직시하는 강민.

"내 앞에서 자신의 손으로 무덤 파고 들어가 누워야 할 거야."

부르르.

기분 좋으면서도 뭔가 섬뜩한 기운이 담긴 강민의 말.

제시카를 격려하면서 동시에 경고를 날리고 있었다.

'그러고도 남겠지…….'

제시카 역시 강민의 성품을 파악해 놓은 상태다.

늘 당당하고 여유가 넘치는 강민.

그의 내면에는 대지가 품은 뜨거운 용암처럼 강한 신념이 자리하고 있다는 것을 말이다.

삼 년 전 아직 욕망을 컨트롤하기에 역부족인 십대 청소년 시절의 강민.

제시카의 뜨거운 유혹도 거절했다.

그 자리에서 제안한 엄청난 부와 명예를 보장하는 계약마저 걷어찼다.

강민이 보이는 능력들이 그냥 얻어진 게 아님은 확실했다.

자기 절제와 인내.

엄청난 노력으로 이루어낸 자신만의 능력인 것이다.

사정이 이러니 강민 말대로 믿고 함께 가면 축복이요, 배신할 시에는 저주를 부르는 인물임은 분명하다.

인내와 노력으로 이룬 사람들의 재능.

다른 말로 독기를 품고 살아낸 이들의 삶을 이용하고 그 대가를 지불하지 않으면 결코 끝이 좋을 수가 없다.

마치 뒤끝 강한 이탈리아, 그중에서 시칠리아 마피아처럼 말이다.

"저희 로얄에서 추구하는 바와 같군요. 신뢰를 저버린 계약자는 성공과는 거리가 멀어지고 서서히 파멸하게 됩니다. 계약은 계약이니까요."

아메리카는 계약의 천국이라 해도 과언이 아니다.

아무리 개인의 사적인 계약이라 해도 강하게 보호를 받는다.

개인의 자유와 의사를 최대한 존중하는 영미법.

법으로 안 되는 것은 없었다.

남녀의 결혼까지도 계약서를 작성해 보호를 받는다.

"아주 만족할 만한 대답입니다. 성인이면 자기가 한 일에
는 책임을 져야죠. 그게 개인이든 회사든 말입니다."

'민, 당신에게 큰물이 어울려. 이따위 작은 물 다시는 쳐
다보지 않게 될 거야. 나와 함께… 떠나는 거야.'

성공하면 돈의 단위가 달라진다.

최근 메이저리그 장기 계약에 2억 달러까지 말이 나왔
다.

한화로 환산하면 그 금액은 2천억이 넘는 돈이다.

한국의 기업이 이 정도의 부를 창출해 내기 위해서는 엄
청난 경쟁력을 갖춰야 한다.

하물며 이 엄청난 금액의 돈을 개인이 만질 수 있게 되는
것이다.

골프는 더했다.

스폰서만 잘 잡아도 일 년에 1억 달러의 수익은 우스워진
다.

작년 한 해 타이거 우즈가 벌어들인 돈은 스폰서 비용까
지 더해 8,612만 달러.

제시카의 눈에 강민은 그런 타이거 우즈보다 더 상품성
이 뛰어나다.

전 스포츠에서 상상 이상의 능력을 보일 뿐만 아니라 나이가 어리다는 것이다.

재능을 갖추다 보면 나이를 먹게 돼 실재 효용 가치는 떨어지게 된다.

그러나 강민은 나이도 어린 데다 재능도 갖춰져 있다.

상금도 상금이지만 광고로써의 가치가 상품성을 좌우하고 입증한다.

그런 점에서 강민의 매력은 그 값을 매기기가 힘들 정도다.

아메리카보다 더 커지고 있는 아사아의 시장.

분명 계획하고 있는 대로 아시아 시장의 메인 상품이 될 것이다.

능숙한 영어와 외국어 실력.

깔끔하고 시원한 외모와 스포츠 선수로서의 체격 조건.

여성 팬들을 몰고 다닐 것이며 그 사용가치는 상상을 뛰어넘어 무궁무진할 것이다.

계약서만 작성하면 강민이나 로얄그룹 입장에서나 만족스러운 결과를 얻게 된다.

로얄그룹 측에서는 강민에게 수수료를 적게 받는 대신 2, 3차까지 확장된 시장에서 강민의 상품성을 확인받게 된다.

다른 스포츠 선수들과의 계약에 유리하게 어필될 수 있

고 광고주들에게 끼워 판매할 수도 있게 되는 것이다.

"구두 계약도 계약이니 이걸로 마무리하시고… 산책 좀 하시죠. 여기 참 좋네요."

강민은 급한 대로 계약을 마무리 짓게 되어 그나마 안심이 되었다.

제시카와 유예린이 강민의 양쪽에서 각각 함께 걸음을 맞췄다.

어젯밤 제시카와의 통화에서 능숙하게 튕기던 모습은 보이지 않았다.

한가로운 헤이리의 풍경.

따스한 눈빛으로 주변 사람들의 단란한 시간을 바라보았다.

느린 걸음으로 자리를 옮기는 강민을 슬쩍 바라보는 제시카.

'언제 봐도 신비해.'

남성이나 여성 모두 뭔가 감춰진 매력이 있어야 한다.

그 감춰진 것들이 장점으로 작용할 때는 더 가치가 오를 수밖에 없다.

강민은 그런 점에서 꽤나 많은 장점이 숨겨져 있는 인물이다.

거의 모든 면에서 마스터 못지않은 최상급의 재능을 겸

비한 남자.

시간을 두고 다듬어 간다면 그간 에이전시에 쏟아부은 열정에 대한 보상이 돼 줄 것이다.

사락.

"……!!"

강민의 옆에서 나란히 걷던 유예린이 강민의 손을 잡았다.

제시카의 시선이 강민과 예린의 손에 머물렀다.

그리고 살짝 차가워지는 눈빛.

'도전해 보겠다 이건가?'

뭔지 모를 도전의식 같은 게 가슴 속에서 꾸물꾸물 일어나는 게 느껴졌다.

제시카는 시선을 돌려 정면을 응시했다.

역시 강민이 산책을 제안할 만큼 평온한 분위기의 마을이다.

씨익.

그리고 제시카의 입술에 묘한 미소가 번졌다.

제시카 인생에 강민을 빼고 단 한 번도 이성을 사냥하는 데 실패한 적이 없었다.

그런 농염한 매력이 철철 흐르는 제시카에게 풋내기 여성이 상대일 수는 없다.

가득이나 강민이 이제 소년에서 청년이 된 남자.

그런 남성일수록 모든 면에서 능숙한 여성의 리더가 필요했다.

유예린은 절대 따라올 수 없는 제시카만의 연애 기술이다.

몇 종류의 미끼만 살짝 던져 놓으면 파닥파닥 싱싱한 채로 걸려들 강민.

지금은 그냥 이대로 두는 게 좋았다.

강민 역시 이 한가로운 봄날 오후의 시간을 즐기고 싶을 테니까 말이다.

부쩍 바빴던 요즘 얼마 동안의 시간.

제시카도 도시 생활에 빠져 시간을 가져보지 못한 지 꽤 되었다.

오랜만에 싱그러운 공기와 따사로운 햇살 아래서 절로 힐링이 되고 있었다.

물론 자연이 주는 기운보다 더 강하게 다가온 것은 강민이 풍기는 젊은 에너지다.

상상했던 것보다 더 완벽하게 성장한 모습.

그가 옆에 있다는 사실만으로도 엔도르핀이 팍팍 돌았다.

'정말 아름다워…….'

초록으로 서서히 물들어가는 낮은 산들이 마을을 둘러싸고 있다.

녹지 공간을 살려 자연과 인공적인 건물들의 조화가 잘

이루어져 있는 게 눈에 띈다.

가끔 사무치게 그리워지던 한국의 봄, 그리고 맑은 하늘.

모든 것이 완벽하게 맞아 돌아가는 이 순간 제시카는 제대로 한국의 봄을 맛보고 있었다.

차박차박.

또각또각.

사박사박.

세 사람의 느린 걸음을 좇아 자갈을 밟는 발걸음 소리가 봄의 왈츠를 불러오고 있었다.

"계약서는 완벽한 것 같아. 조건도 좋아."

성격은 속일 수 없다더니 꼼꼼하게 계약 서류를 살피는 예린이.

역시 한국을 대표하는 기업의 후계자와 대학의 최고 학부 학생다웠다.

짧았지만 주말 오후의 서울 바깥으로의 나들이.

그것도 운전면허증을 취득한 당일 내 손으로 직접 운전을 하고 나선 드라이브.

빠지는 것 없이 완벽한 주말이다.

부릉 부릉.

나는 다시 운전대를 잡고 예린이 집으로 향했다.

제시카와 예린이, 그리고 나.

많은 얘기를 나누지는 않았다.

하지만 헤이리를 산책하는 동안 세상 사는 다른 종류의 맛을 한 번 느꼈다.

느린 걸음으로 이곳저곳을 산보하는 동안 여유롭게 시간을 보내는 가족 단위의 사람들과 연인들의 모습을 많이 보았다.

늘 바쁜 걸음을 옮기는 사람들이 거리를 메우던 강남과는 사뭇 다른 풍경들.

화려하지도 않았지만 봄 햇살에 아름답게 빛이 났다.

마치 헤이리의 시간은 다른 곳보다 더 느리게 흐르는 듯했다.

아마 자연에 가까운 사람들의 시간은 매번 느린 속도로 흘러가는 것 같다.

설악산에 있을 때도 이런 느낌은 자주 들었다.

산골의 시간과 도시의 시간은 분명 같은 속도로 흘렀지만 달랐다.

바쁜 일상을 보내는 도시 사람들.

시간을 아주 작은 단위로 쪼개고 또 쪼개서 바쁘게 그 틈을 채우며 사는 이들에게는 하루 24시간이 턱없이 모자랄 것이다.

하지만 자연에 묻혀 사는 사람들은 정해진 일과 안에서 충분히 같은 시간을 쓰고도 여유로웠다.

시간은 그대로인데 사람이 빠르게 움직이는 걸까.

느리게 흐르는 시간.

도시의 삶도 그렇게 빠른 속도로 흘러가는 것일까.

설악산에서 양 도사가 도 닦으라고 나를 회유하면서 이런 말을 한 적이 있었다.

도를 닦게 되면 백 년도 더 살 수 있다고 하며 오래오래 살고 싶지 않느냐고 말이다.

말인즉슨 도인들이 장수를 하는 데는 이유가 있다는 것이다.

사바세계의 대중과 달리 선과를 찾아 도를 얻는 이들의 시간은 느리게 흘러간다고 했다.

더불어 시간이 느리게 흐르다 보니 짊어진 육신도 느리게 늙는다는 것이다.

세상 밖의 시간이 몇 배속의 속도로 흐르는 대신 도인의 시간은 제 속도에 맞춘다는 말이다.

그렇게 백 년을 넘기고 이백 년을 넘겨 살게 된다나.

사실 그 세월 동안 생존해 있던 옛 도인들이 많았다고 한다.

과학적으로 설명하기란 힘들겠지만 당시 나는 아인슈타

인의 상대성 이론이 떠올랐었다.

시간에도 그 이론이 적용되는 것이 아닐까 하고 말이다.

뭐니 뭐니 해도 오늘의 성과는 계약서.

손에 쥔 계약서를 보니 흐뭇했다.

내일 저녁에 만나 정식 계약서를 작성하고 월요일에는 특급으로 여권을 신청한다.

동시에 비자도 발급받게 된다.

나로서는 관광 목적의 무비자 입국과 달리 취업비자를 받기가 어려웠다.

미국행에 있어 가장 빠른 방법은 제시카를 통하는 것.

그렇다 보니 제시카를 늘 염두에 두고 있었다.

세계적으로 인정받고 있는 로얄그룹 산하의 에이전트 기업.

삼 년 전 나에게 직접 계약을 권할 정도라면 나의 가치를 이미 파악하고 있었다는 것이다.

또한 그 자리에서 계약을 성사시키려 했었다.

그렇다면 에이전트 내에서 그만한 영향력을 갖고 있다는 말이 된다.

때와 장소는 달라졌지만 그동안 제시카는 여전히 나와의 계약을 원하고 있었다.

제시카를 통하면 미국 취업비자도 단박에 뚫게 되는 것

이다.

오늘 내가 예상했던 일은 적중했다.

"제시카는 능력이 좋은가 봐. 예전하고는 느낌이 달라 보여. 선생님보다 더 잘 어울려."

예린이가 제시카를 호의적으로 받아들이고 있었다.

"몇 년 후가 되면 예린이 네가 더 멋있어질 거다."

"정말?"

"생각을 해봐. 제시카는 서쪽 태양이라면 넌 이제 떠오르는 동쪽 태양이잖아. 반짝반짝."

나는 손가락을 쫙 펴 손목을 흔들어 보이며 예린이의 기분을 띄워주었다.

헤이리 산책 중에 예린이가 나의 손을 잡아도 감정은 자연스러웠다.

약간의 질투 어린 시선이 나에게 쏠렸던 것만 빼고 말이다.

그것은 예린이뿐만 아니라 제시카도 한몫했다.

거의 좌청룡 우백호의 구조로 한가한 헤이리를 더 느린 걸음으로 걸었던 우리 세 사람.

하얀 도포 자락만 휘날렸어도 거의 신선놀음이었다.

남성들의 시선은 나의 좌우를 힐끔거린 뒤 나를 쏘아보는 것으로 마무리되었다.

서울 한복판 강남 대로에서도 시선을 사로잡던 나의 포스.

역시 한참 외곽에 자리한 작은 마을에서도 빛이 났다.

이런 기분은 느껴보지 않은 사람은 죽었다 깨어나도 모를 흥분을 안겨주었다.

이 정도 되면 삼천 궁녀를 거느렸다는 의자왕이나 천하를 거머쥐었던 진시황도 부럽지 않다.

쪽수가 많으면 뭐하겠는가.

질적인 면을 충족시킨 후에나 양도 의미가 있는 법이다.

"월요일부터 바쁘겠네……."

"아마도 그렇겠지. 테스트도 받아야 하고."

이미 제시카가 전화 한 통으로 월요일 스케줄을 잡아둔 상태다.

한국에 머물고 있는 동안 메이저리그 스카우트들과 미팅을 갖게 된다.

나만큼이나 제시카도 서두르는 듯했다.

말이 나오기 무섭게 속전속결로 진행되고 있었다.

계약서를 내놓고 당장 내일 저녁 약속을 잡았다.

월요일에 곧바로 입단 테스트를 받고 허가가 나면 바로 취업비자를 신청한다고 했다.

자칫 한국 고등학교 측 야구부에서 아직도 나를 선수로 등록해 놓은 상태였다면 불가능했을 일이다.

이쯤에서는 자동 퇴학처리 된 것이 긍정적으로 작용되고

있었다.

내가 퇴학처리 되자 야구부 측에서도 나를 잡아둘 명분이 사라진 것이다.

"차도 필요하겠지?"

"차? 뭐… 있으면 좋고."

얼마 동안이나 더 한국에 머물게 될지 모르지만 있는 동안에는 상당히 바쁜 시간을 보내게 될 것이다.

지금까지의 시간이 산골의 시간이었다면 내일부터는 당장 도시의 빠른 시간을 보내야 한다.

예린이 보디가드 일을 하겠다고 입주를 허락받은 상황.

그런 만큼 시간이 많이 남지는 않을 것이다.

"내가 엄마한테 말해볼게. 오빠가 결혼하기 전에 타던 차가 아직 주차장에 있어. 몇 년 쓰지 않았지만… 아직 쓸 만해."

"형님 차? 그 차를 써도 되는 걸까? 가격이 상당히 나가는 차던데……."

"당연히 될 거야. 오빠가 타보고 싶다 구입해 놓았는데……. 오빠 앞으로 회사에서도 차가 나오고 또 최근에 산 차도 있어. 그렇잖아도 처분한다고 했었는데……. 잘됐지 뭐."

'웁스. 이런 행운까지 따라주는 거야!'

언뜻 보았을 때 상당히 값이 나가는 차였다.

사회에서 잘나가는 의사나 개인 사업자 정도 수준은 되어야 운전할 수 있는 아우디 쿠페.

파란색이 인상적이던 차였다.

"종합보험도 다 들어 있고 관리도 잘되어 있으니까 운전하는 데는 문제없을 거야."

서민들은 평생 한 번 타보기도 힘든 외제차를 나에게 그냥 타라고 준다는 것이다.

말 그대로 대한민국 재계 서열 1위 집안답게 차 인심(?)도 후했다.

"고맙다, 예린아. 넌 전생에도 나의 베스트 프렌드였을 거야."

"그 마음 영원히 변치 말아줘. 그리고 미국에 가서도 나 잊어버리면 안 돼. 스타가 돼서도 나 모른 척하기 없기야~"

"오케이~! 걱정하지 마라. 너를 어떻게 잊어버리겠어. 너는 나를 악의 구렁텅이에서 구원해 준 은인인데……."

생각만으로도 몸서리쳐지는 지옥의 골짜기에서 나를 꺼내준 예린이.

설악산 귀신이 될 뻔했던 내가 미국행을 앞두고 있다.

꿈이 아닌 현실에서 말이다.

"악의 구렁텅이는 뭐야? 설마 설악산 하계신선루를 두고 하는 말이야?"

"응? 아, 아니……."

차마 나의 스승 양 도사에 대한 존재를 부정할 수는 없다.

물론 나에게 있어 악의 근원지이자 원조이지만 지금의 내가 미래를 꿈꿀 수 있게 한 발판임을 인정하지 않을 수 없다.

끼이익.

예린이와 이런저런 얘기를 나누는 동안 차는 어느새 예린이 집 앞에 닿았다.

타다닥.

역시 두 명의 경호원이 달려왔다.

기이이이잉.

예린이를 확인하고 가볍게 고개를 숙인 후 주차장 문을 열었다.

집 앞에도 주차장이 있었지만 직계 가족들은 주택 내 주차장을 이용했다.

약 십여 대 정도를 파킹할 수 있는 대형 주차장.

주차장 문이 열리자 주차장 내부가 한눈에 들어왔다.

마치 예린이가 윤라희 여사에게 말해 당분간 쓸 수 있게 해준다는 파란색 아우디 쿠페가 눈에 먼저 들어왔다.

얼마나 닦고 관리를 했는지 먼지 하나 없이 윤이 반들반들 났다.

'자식 잘생겼네~'

면허증을 손에 쥔 날부터 운전대를 놓을 일이 없는 나의 운명.

또 이렇게 자가용까지 얻게 되는 행운을 맛보고 있었다.

아주 잠깐 사용하는 것일 테지만 나로서는 만족스러웠다.

부우우웅.

빨간 스포츠카를 주차장으로 몰았다.

물론 키만 넘겨줘도 경호원들이 알아서 주차를 하겠지만 오늘 나를 즐겁게 해준 녀석에 대한 풀 서비스를 제공하고 싶었다.

나와 온몸으로 교감했던 스포츠카.

녀석이 살아 있다면 분명 끌어안고 포옹까지 했을 정도로 오늘은 만족스러운 하루였다.

그간 한 번도 느껴보지 못했던 자유의 극치를 만끽하게 해준 녀석.

"아빠 아직도 안 오셨네."

하긴 아직 유병철 회장님의 차가 들어오지 않았다.

주말도 없이 바쁘게 움직이는 유병철 회장.

요즘 들어 심심찮게 들려오는 세계 불황에 대한 이야기들.

인터넷 웹 브라우저를 장식하고 있는 뉴스들 대부분이

불황에 관한 기사들이었다.

대기업을 운영하는 총수답게 바쁠 만도 할 것이다.

또 보통 사람들과는 확연히 다른 에너지를 필요로 하는 기업인이 아닌가.

한 가정 경제를 책임지는 가장의 역할도 힘에 부치는 세상임에는 분명하다.

하물며 수만 명의 인력을 거느린 기업을 운영하는 유병철 회장.

누가 뭐라 해도 예린이 아버지임을 떠나 오성그룹을 책임지고 있는 유병철 회장은 존경받아 마땅하다는 생각이 들었다.

오성그룹 산하 기업에 종사하는 수많은 사람이 유병철 회장의 경영 마인드 아래 안정적인 수입을 보장받으며 살고 있는 것은 사실이니까 말이다.

끼릭.

주차를 하고 시동을 껐다.

"잠깐 기다려."

찰칵.

나는 부드럽게 문을 열고 내려 예린이가 앉아 있는 조수석 쪽으로 향했다.

찰칵.

"자, 내리시죠, 공주님."

예린이 쪽 문을 열어주었다.

"역시 민이는 매너가 짱이야~"

여기까지는 생각하지 못한 듯 예린이의 얼굴에 환한 웃음이 번졌다.

진심으로 기뻐하는 게 느껴지는 미소.

나에게 수많은 아량을 베풀어줄 정도라면 그 누가 앞에 있어도 예린이는 충분히 같은 행동을 할 친구다.

인생에 축복이 가득한 만큼 나눌 줄 아는 성품의 사람.

"과찬의 말씀이십니다."

나는 장난스럽게 가슴에 한 손을 대고 살짝 허리를 숙였다.

마치 중세 기사처럼 말이다.

"호호, 고마워요, 강민 경~"

센스있는 예린이.

역시 손바닥도 마주쳐야 소리가 난다는 사실.

부우웅.

그때 주차장 바깥쪽에서 차량 한 대가 다가왔다.

타다닥.

경호원 몇 명이 바쁘게 뛰어 도열했다.

"아빠 오시나봐."

열린 주차장 문쪽을 바라보며 예린이 입을 열었다.

"이제 오시는구나."

"마중 나가자."

"응."

오성그룹 저택에 머물고 있는 만큼 유병철 회장에 대한 존경심을 갖는 건 기본.

집안에서도 존경받는 분에 대한 예의는 지켜야 한다.

나는 예린이 말처럼 함께 주차장 밖으로 걸음을 옮겼다.

끼이익.

부드러운 브레이크 음이 들렸다.

장인들의 손에서 직접 빚어졌다는 세상 자동차 중에서 최고의 명품 차가 멈췄다.

찰칵.

경호 팀장이 직접 문을 열었다.

"회장님 오셨습니다."

"오셨습니까!"

팀장이 고개 숙여 인사를 하는 사이 차에서 내리는 유병철 회장을 향해 경호원들이 고개 숙여 인사를 했다.

"아빠~!"

와락.

가족들만이 할 수 있는 포옹.

또 막내딸인 예린만이 날릴 수 있는 애교 작렬 행동이 이어졌다.

유병철 회장이 차에서 내리자마자 품에 달려들며 안겼다.

"다 큰 아가씨가 이렇게 아빠만 좋아해서 쓰나? 하하하하."

"피이~ 뭐 어때요. 우리 아빠가 최고인 걸~"

"하하하, 기분 좋은데. 우리 막내 공주 덕분에 하루 피로가 다 풀리는 거 같다. 내가 우리 예린이 덕분에 산다. 하하하하."

유병철 회장은 개인적으로 마주하게 되면 절대 엄격한 총수 이미지가 느껴지지 않는다.

마치 평범한 가정의 따듯한 아버지에 가까운 유병철 회장.

그의 그런 모습이 진솔한 본래 유병철 회장의 모습이라는 것은 나뿐만 아니라 여기 서 있는 경호원들도 다 알고 있을 것이다.

"아빠 피곤하시죠? 들어가세요. 제가 안마해 드릴게요~"

"안마? 너 용돈 떨어졌니?"

유병철 회장이 예린이의 말에 꽤나 재미있는 표정으로 예린이를 바라보았다.

"아빠는~ 제가 언제 용돈 때문에 안마해 드린다고 했어요~ 오늘은 정말 순수하게 고생하신 아빠 예뻐서 그런 거라고요~"

"예뻐? 이 녀석이. 하하하, 고맙다. 늙어서 냄새 난다고 안 하는 것만도 고맙구나."

퇴근길의 유쾌함이 유병철 회장의 목소리에서 묻어났다.

"어서 들어가세요. 엄마가 맛있는 저녁 해놓으셨을 거예요."

"그래 들어가자."

"오셨습니까."

인사할 타이밍을 보다가 마치 눈이 마주치자 고개를 숙였다.

"그래, 오늘 하루 잘 지냈나?"

"네, 회장님 덕분에 보람찬 하루를 보냈습니다."

"아빠, 글쎄 민이가 오늘 하루에 운전면허를 땄어요. 정말 대단하지 않아요?"

"하루 만에? 하하하, 능력있는 친구는 역시 다르군."

그냥 쿨하게 나의 숨은 능력을 인정해 버리는 유병철 회장.

"과찬이십니다."

"과찬은~ 무슨. 운전도 나보다 훨씬 잘하는데."

"훨씬 잘하겠지. 예린이 너는 도로 연수 중에 네 엄마 차 범퍼를 몇 번 박살 냈던 실력인데."

"그, 그야 난 평범한 여자니까요."

아마 면허를 따고 연수 기간 동안 있었던 일인 듯하다.

당장 운전 하나로 평범한 여자로 스스로를 낮춰 버리는 예린이.

"강 군, 혹시 내일 오전에 시간 있나?"

"네?"

"무슨 일 있으세요?"

예린이가 재빨리 끼어들었다.

"골프 실력이 대단하다고 하던데 나와 내일 한 게임 뛰도록 하지."

"……???"

생각지 못한 갑작스러운 골프 제안.

"아! 맞아, 내일이 벌써 그날이네요. 전경련 소속 회장 아저씨들하고 골프 회동이 있는 날이죠!"

'전경련 회장!'

예린이의 또박또박한 발음 속에서 나의 귓속으로 파고드는 전경련 소속 회장.

그 뒤의 골프 회동.

"그래, 내일 강 군을 한 번 데리고 갈 생각이다."

"와아! 민이는 행운 따르는 사람인가 봐요. 아저씨들에게 잘 보이면 앞날은 보장되는 거잖아요~"

농담도 잘하는 예린이.

"어떤가, 시간 괜찮지?"

나의 대답을 묻는 유병철 회장.

두말하면 잔소리 대답은 이미 정해져 있었다.

지난 삼 년 간 얼마나 그리웠던 필드인가.

사박사박 밟히는 그린 위의 잔디.

"넵! 시간은 충분하고도 넘칩니다!"

에너지 넘치게 씩씩한 목소리로 대답했다.

갑자기 잡힌 골프 약속.

함께하는 인물들에 대한 관심보다 나는 푸른 잔디를 밟을 생각에 더 기분이 좋았다.

그리고…….

그늘집.

그곳에 먹었던 찐 달걀이 무지하게 생각났다.

나에게 있어 골프장은 그런 곳이었다.

배고프면 밥 주고 돈 주는 아주 고마운 천상 놀이터였다.

『마스터 K』 제15권에 계속…

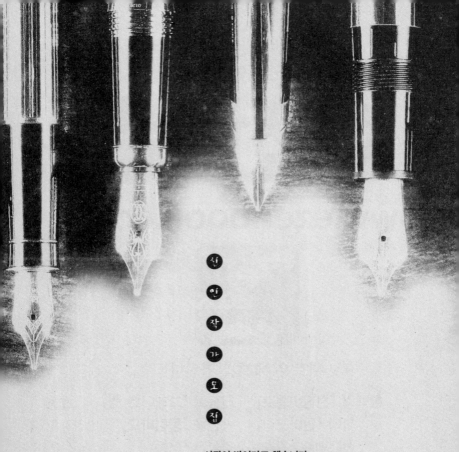

신인작가모집

시작이 반이라고 했습니다.
작가의 길에 대한 보이지 않는 벽을 과감히 깨뜨리십시오!
청어람은 작가 지망생 여러분들의
멋진 방향타가 되어드리겠습니다.

저희 도서출판 청어람에서는
소설 신인 작가분들을 모집합니다.
판타지와 무협을 사랑하시는 분들의 많은 참여를 바랍니다.
소정의 원고(A4용지 150매)를 메일이나 우편으로 보내주시면
검토 후 출판 여부를 알려드리겠습니다.

주소:경기도 부천시 원미구 심곡2동 163-2 서경B/D 2F 우편번호 420-822
TEL:032-656-4452 · **FAX**:032-656-4453
http://www.chungeoram.com
e-mail:chungeoram@chungeoram.com

면왕 백리휴

麵王軆

무진등 新무협 판타지 소설

FANTASTIC ORIENTAL HEROES

'맛있는' 무협이 펼쳐진다!

가문의 선조가 남긴 비서
'백리면요결(百里麵要訣)'
모든 이야기는 이 서책으로부터 시작되었다.

『면왕 백리휴』

면요리의 극의를 알고자 하는 자,
모두 나에게로 오라!

Book Publishing CHUNGEORAM

유행이 아닌 자유추구 -
WWW.chungeoram.com